唐·德里罗小说中战后美国的文化记忆研究

A STUDY ON CULTURAL MEMORY OF POST-WAR AMERICA IN THE FICTION OF DON DELILLO

陈俊松 著

科学出版社
北京

内 容 简 介

作为美国当代最著名的小说家之一，唐·德里罗在其长达半个多世纪的创作生涯中，始终关注美国历史上的标志性事件，称得上是战后美国的“记录者”。本书以文化记忆研究为理论框架，对德里罗的4部代表性作品进行深入的解读，聚焦这些作品在再现历史、唤起回忆、重构文化记忆等方面的独特价值。本书为解读德里罗的小说作品提供了一个全新的理论视角，凸显了德里罗作为战后美国历史“记录者”的重要地位，以及他的小说在建构战后美国文化记忆中具有的独特作用。

本书不仅将许多第一手资料融入对作品的分析当中，还紧扣当代美国历史语境，为高校和科研院所英语专业师生以及爱好美国文学的读者理解德里罗的作品以及当代美国历史和政治，提供了有价值的参考。

图书在版编目（CIP）数据

唐·德里罗小说中战后美国的文化记忆研究 / 陈俊松著. —北京：科学出版社，2021.11

ISBN 978-7-03-070014-8

Ⅰ. ①唐… Ⅱ. ①陈… Ⅲ. ①唐·德里罗－小说研究
Ⅳ. ①I712.074

中国版本图书馆CIP数据核字（2021）第204184号

责任编辑：杨 英 宋 丽 / 责任校对：贾伟娟
责任印制：李 彤 / 封面设计：蓝正设计

科 学 出 版 社 出版
北京东黄城根北街16号
邮政编码：100717
http://www.sciencep.com

北京九州迅驰传媒文化有限公司 印刷
科学出版社发行 各地新华书店经销
*
2021年11月第 一 版 开本：720×1000 1/16
2023年 4 月第三次印刷 印张：11
字数：200 000

定价：98.00元

（如有印装质量问题，我社负责调换）

本研究受到上海市浦江人才计划的资助，本书的出版
受到华东师范大学外语学院学术著作出版的支持，
特此致谢！

2009年3月13日，笔者与唐·德里罗（Don DeLillo）在位于纽约曼哈顿的现代艺术博物馆（Museum of Modern Art）见面，并对他进行了采访。照片摄于现代艺术博物馆内。

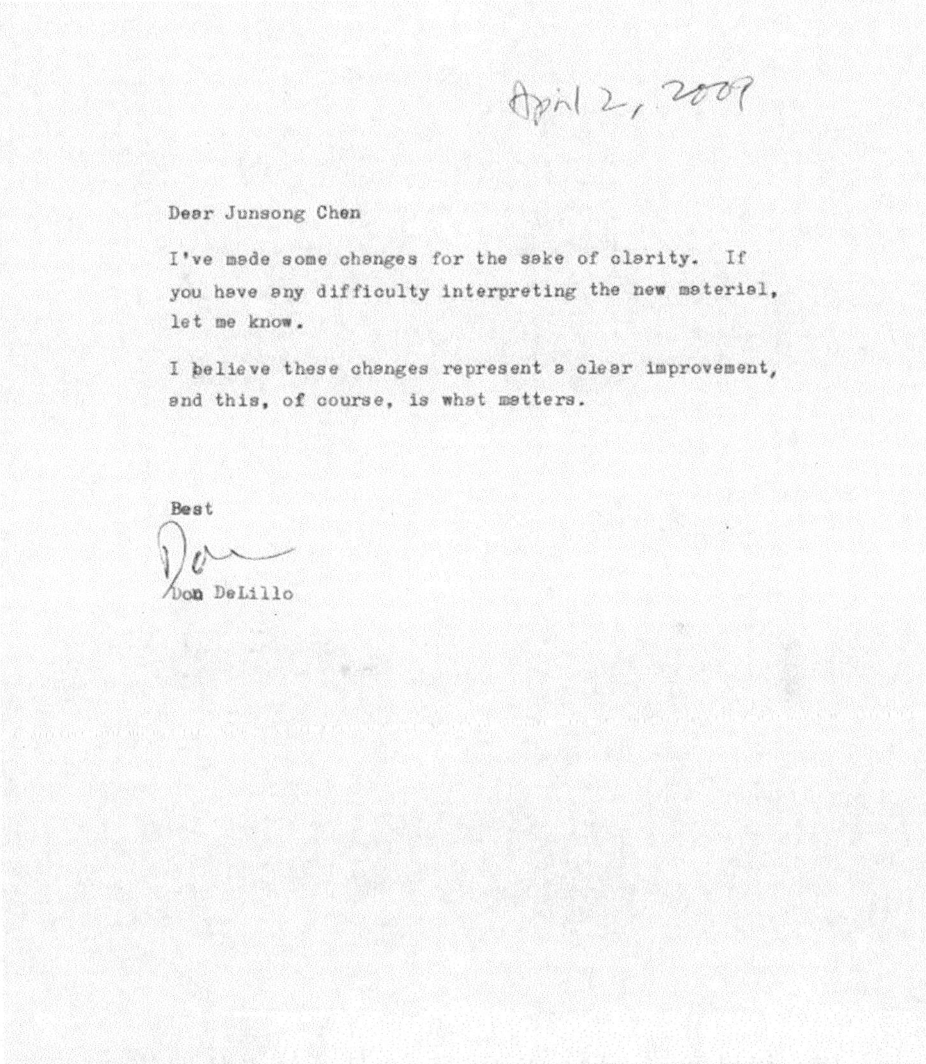

April 2, 2009

Dear Junsong Chen

I've made some changes for the sake of clarity. If you have any difficulty interpreting the new material, let me know.

I believe these changes represent a clear improvement, and this, of course, is what matters.

Best

Don

Don DeLillo

唐·德里罗于 2009 年 4 月 2 日给笔者的回信，并随信附上他对访谈文字稿的修改和审定。

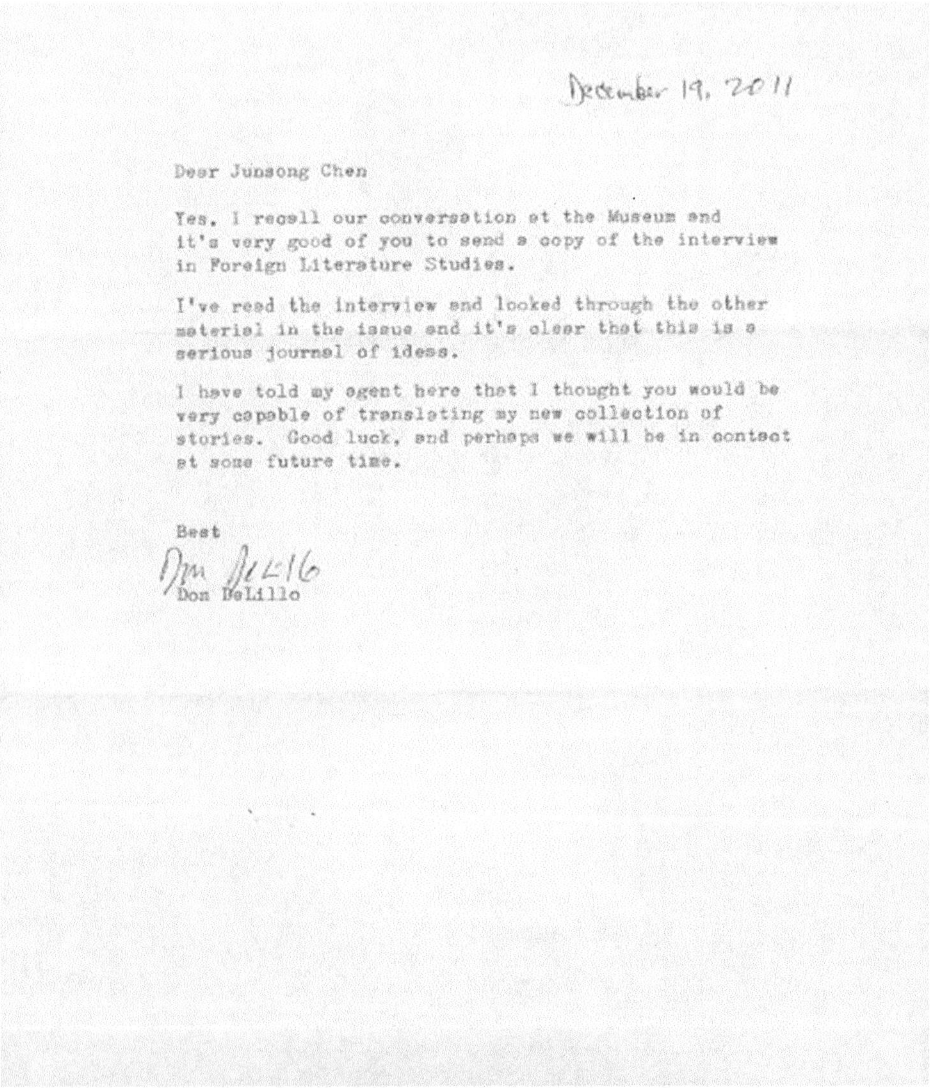

December 19, 2011

Dear Junsong Chen

Yes. I recall our conversation at the Museum and it's very good of you to send a copy of the interview in Foreign Literature Studies.

I've read the interview and looked through the other material in the issue and it's clear that this is a serious journal of ideas.

I have told my agent here that I thought you would be very capable of translating my new collection of stories. Good luck, and perhaps we will be in contact at some future time.

Best

Don DeLillo

Don DeLillo

唐·德里罗于 2011 年 12 月 19 日给笔者的回信，表示已收到发表后的访谈录，并授权笔者为他 2011 年出版的短篇小说集 *The Angel Esmeralda: Nine Stories* 的中文版《天使埃斯梅拉达：九个故事》的译者。

唐·德里罗的首部短篇小说集 *The Angel Esmeralda: Nine Stories*（2011）英文原版及中文译本。

[illegible] The [illegible] Expedition [illegible]

[illegible] (2011) [illegible]

美国文学的发展历程和当代作家唐·德里罗

在我们正式进入探讨当代美国文学以及唐·德里罗（Don DeLillo，1936—　）的代表性作品之前，有必要对美国文学的发展及其研究的历史源流进行一番细致、深入的回顾，并在此基础上引出德里罗在当代美国文学中的独特地位。

一、美国文学：一门年轻的学科

尽管《诺顿美国文学选集》（*The Norton Anthology of American Literature*）在2003年推出的第六版中就将其规模从过去的两卷（第一版于1979年问世，从第一至第五版均为两卷本）扩展为五卷，使其总体规模与六卷本的《诺顿英国文学选集》（*The Norton Anthology of English Literature*）不相上下，但历史上美国文学长期受到轻视和嘲讽却是不争的事实。在《美国文学讲稿》（*Lectures on American Literature*，1829）的序言中，萨谬尔·L. 纳普（Samuel L. Knapp）写道："你会注意到，外国人说，而且再三说，根本就不存在美国文学这回事。”（Knapp 4）[①]由于文化上缺乏自信，美国早期的一些作家通常将作品首先在英国出版，他们也往往在欧洲赢得声誉之后才在美国确立自己的作家地位。美国文学直到19世纪才在学术界获得认可，并在19世纪50年代左右迎来了F. O. 马西森（F. O. Matthiessen）所谓的“美国的文艺复兴”。巴雷特·温德尔（Barrett Wendell）在他的《美国文学史》（*A Literary History of America*，1900）中也认为：“我们能立刻意识到，只有19世纪的美国人才创造出了有重要意义的文学。当提到美国文学时，我们能想到名字的那些小说家和历史学家，以及散文家和诗人，都是从1800年才盛行开来的。”（Wendell 9）

美国文学得到认可尚且如此晚近，所以它要进入大学课程更是费了一番周折。从17世纪美国最早的一些大学创立（哈佛大学创立于1636年，威廉与玛丽学院创立于1693年）到19世纪80年代，在美国大学人文教育中占主导地位的先后是神学、古典研究（拉丁文、希腊文、希伯来文等）。1883年美国现代语言学会（Modern Language Association，MLA）的成立是一个重要的转折点，英语和其他现代语言（德语、法语、西班牙语、意大利语等）的学术身份得以初步确立。因其将语文学（Philology）的科学方法应用于文学研究，英语（主要指英国文学）在1890年之前就确立了自身的学科地位。然而，在英文系的文学教授们看来，美国文学存在历史短（从早期欧洲航海家的远洋叙事算起也才200多年）、质量欠佳（没

① 本书在引用德里罗的小说作品及其他国外文献时，如无特别说明，均为笔者遵照原文进行的自译，特此说明。

能产生像莎士比亚那样的巨匠）、作品数量少（与英国文学相比）等诸多不足，未达到列入课程设置的标准。因此，美国文学很难进入哈佛大学、耶鲁大学、哥伦比亚大学、普林斯顿大学、约翰斯·霍普金斯大学这些美国东部精英大学的课堂。有学者指出，"正如英语和现代语言早期是在非精英、非东部、女子学院里生根，美国文学最早也是在精英的男子传统高校之外的地方出现的"（Renker 24）。美国西部的公立大学、女子学院、中学最早为美国文学的教学提供了机会和空间。

尽管拉尔夫·沃尔多·爱默生（Ralph Waldo Emerson）1837年的演说《美国学者》（"The American Scholar"）被奥利弗·温德尔·霍姆斯（Oliver Wendell Homes）称作"我们文学上的独立宣言"（Richardson 263），但这个文化上独立的过程后来被证明是漫长的。1919年，著名记者、文学批评家亨利·L. 门肯（Henry L. Mencken）出版了具有开创性意义的巨著《美国语言：英语在美国的发展初探》（*The American Language: A Preliminary Inquiry into the Development of English in the United States*），厘清了美式英语与英式英语的差别，并论述了美式英语独有的一些特征。此后，美国在语言、文化、文学上与英国独立开来的意识进一步增强。1929年，学术期刊《美国文学》（*American Literature*）创刊。至此，美国文学作为一个学科终于在20世纪二三十年代初步确立，但其进入美国大学英文系课程设置当中并普遍获得认可，是第二次世界大战（简称"二战"）之后的事情了。学者大卫·沙姆韦（David Shumway）指出，"英国文学的地位在1890年之前就已经完全确立了，美国文学直到19世纪20年代才成为大学课程当中常规的组成部分，并且在二战之后仍处于课程设置当中非常次要的位置”（Shumway 192）。因此，美国文学研究仍是一门年轻的学科，至今不过70多年的历史。

马西森于1941年出版的《美国文艺复兴：爱默生和惠特曼时代的艺术和表达》（*American Renaissance: Art and Expression in the Age of Emerson and Whitman*）被不少学者视为美国文学研究的奠基之作。该书系统地论述了爱默生、亨利·戴维·梭罗（Henry David Thoreau）、纳撒尼尔·霍桑（Nathaniel Hawthorne）、赫尔曼·梅尔维尔（Herman Melville）、沃尔特·惠特曼（Walt Whitman）这五位重要作家的文学成就，集中展示了美国文学的第一个高峰。而在二战结束之后，美国文学研究的学术地位得到了真正的巩固。其中的原因，一方面是因为战争期间国家对爱国主义、民族主义的发展有现实而迫切的需要，另一方面是陆续有美国作家荣获诺贝尔文学奖，如1930年的辛克莱·路易斯（Sinclair Lewis）、1936年的尤金·奥尼尔（Eugene O'Neill）、1938年的赛珍珠（Pearl S. Buck），美国文学在国际上的声誉得到了提升。随着1944年《退伍军人权利法案》（The Servicemen's Readjustment Act of 1944）的出台、公立大学的扩招、新批评的兴起（提供了一种实用的教学方法），美国文学终于迎来了前所未有的发展机遇。在越来越多的大学中，美国文学成为了所有学生的必修课，美国文学研究也随之日益兴盛起来。

二、文学史书写与美利坚民族身份的建构

在过去的半个世纪里，美国学者一再将美国历史的起点往前推移。从1788年美国《宪法》草案获得批准生效到1776

年《独立宣言》的签署，从 1620 年 102 名英国清教徒乘着“五月花号”抵达今天的马萨诸塞州普利茅斯港到 1607 年英国在弗吉尼亚建立第一个北美永久性殖民地，再到 1492 年哥伦布的船队抵达圣萨尔瓦多岛。与此同时，美国的文学史家也一直在将美国文学的开端往前延伸。在早期的文学史中，学者们一般将美国文学的源头追溯到 17 世纪欧洲探险家们的书信和纪实性写作，如克里斯托弗·哥伦布（Christopher Columbus）、约翰·史密斯（John Smith）、威廉·布雷福德（William Bradford）、约翰·温思罗普（John Winthrop）等人写的航海叙事和殖民记述。在 2016 年《诺顿美国文学选集》第九版第一卷中，编者将美国文学的开端上溯到比哥伦布的《发现之信》[①]（“The Letter of Columbus to Luis de Sant Angel Announcing His Discovery”, 1493）中更早的美国土著口头文学（native American oral literature）。由此可见，如何界定美国文学的开端似乎与如何认识美国的历史和民族身份紧密相关。其实早在二战之后，就有美国学者提出应使“美国文学研究成为人文学科教育中的核心，美国文明研究成为美国通识教育的中心”（Shockley 30）。

由于美国文学对建构美国历史、美利坚民族身份具有不可替代的作用，因此文学史的书写一直是美国文学研究当中重要的组成部分。纳普的《美国文学讲稿》（1829）、巴雷特·温德尔的《美国文学史》（1900）是早期学者独撰文学史中的代表。威廉·彼得菲尔德·特伦（William Peterfield Trent）等

① 这封信因其名称太长，《诺顿美国文学选集》的目录里将其简称为“Letter of Discovery”，所以笔者在评论时将其译为《发现之信》。

人编写的《剑桥美国文学史》(*The Cambridge History of American Literature*, 1917—1921)开创了多人合编美国文学史的先河。此后，罗伯特·E. 斯皮勒(Robert E. Spiller)等人合编的《美国文学史》(*Literary History of the United States*, 1948)、克林斯·布鲁克斯(Cleanth Brooks)等人合编的《美国文学：作家与历史》(*American Literature: The Makers and the Making*, 1973)、埃默里·埃利奥特(Emory Elliott)主编的《哥伦比亚美国文学史》(*Columbia Literary History of the United States*, 1988)、萨克文·伯科维奇(Sacvan Bercovitch)主编的第二部《剑桥美国文学史》(*The Cambridge History of American Literature*, 1994—2005[①])是美国文学史编纂中最重要的代表。2012年，哈佛大学出版社出版了由格雷尔·马库斯(Greil Marcus)和维尔纳·索罗斯(Werner Sollors)主编的《新编美国文学史》(*A New Literary History of America*, 2012)。这是较为新近的一部美国文学史。

考虑到美国文学历史并不长，其文学史方面的成果算得上非常丰硕。斯皮勒曾在他那部《美国文学史》的序言中写道："每一代人至少都应该写一部美国文学史，因为每一代人都必须用他们自己的方式定义过去。"(Spiller et al. vii)美国学者们对编写文学史的热衷也许与美国长期以来意识到自己缺少独立的民族文学有关。从最早的北美土著居民到17世纪

---

① 这套《剑桥美国文学史》共有8卷，其中第1卷于1994年出版，而第3卷是2005年才出版的，也是全套丛书中最后出版的，所以笔者这里将其标注为1994—2005，指的是整套丛书出版跨越的年份。详见 https://www.cambridge.org/core/series/cambridge-history-of-american-literature/608196CA724ADA74F3EE7DDA7ADCDCD0。

欧洲殖民者的到来，从 1619 年奴隶贸易在北美出现到 19 世纪和 20 世纪末的两次移民高潮，美国的人口结构一直在发生变化，美国的民族特性也随之被重新定义。而一个独立的民族文学传统，无疑对美国这个移民国家的文化融合、民族身份建构具有重要意义。

三、经典作家、文坛新秀和多元文化共同造就活力

在《剑桥美国文学史》的序言里，主编萨克文·伯科维奇写道："在过去的 30 年里，美国文学批评已经从一个边缘地带拓展为人文主义研究的一个中心。这个领域的活力反映出不仅美国和世界各地对美国文学的兴趣高涨，而且在各个层次，如高中、大学和研究生的课程，出版物，学术会议，以及公共活动中都有所表现。"（Bercovitch 1）经过 70 多年的发展，美国文学已成为美国人文学科当中成长最为显著的领域之一，其背后主要有外在和内在的两个方面的原因。

首先，美国文学研究目前的活跃源自战后美国文坛自身的繁荣，而后者主要是由三个方面的原因促成的。第一，美国较早地形成了一套完整的作家培养机制，从创意写作工作坊到文学新星的发掘，从文学杂志的推介到出版商的宣传，如此源源不断地向社会输送创作人才；第二，每年有众多机构组织评选重要的文学奖项，让文坛巨匠和新锐作家都有机会赢得关注、提高声誉，并且其作品可以在世界范围内得到翻译和流通，进而不断扩大读者群；第三，多元文化政策和移民作家的创作也促进了美国文学目前的兴盛。1965 年通过的《移民和国籍法》（The Immigration and Nationality Act）废

除了基于民族来源的配额制度，因此欧洲之外地区的人民有更多机会移民到美国，美国在人口结构上变得更加多元。这些移民作家对其母国文化和移民经历的再现，以及非裔美国作家的族裔书写，成为了最近 50 多年美国文学当中的一个亮点。

其次，美国文学研究的发展也离不开专业性学术组织的推动。大部分美国经典作家，如华盛顿·欧文（Washington Irving）、爱默生、梭罗、霍桑、梅尔维尔、埃德加·爱伦·坡（Edgar Allan Poe）、艾米莉·狄金森（Emily Dickinson）、托妮·莫里森（Toni Morrison）等，都有自己专门的研究会。除了美国最大的语言、文学专业学术组织——现代语言学会——之外，美国文学协会（American Literature Association，ALA）是另一个有重要影响力的专业性学术团体。根据美国文学协会内部通讯第 1 期（1989 年 12 月）记载，1989 年 6 月美国的一些主要作家研究会在加利福尼亚州圣迭戈举行的一次研讨会上一致同意成立一个联盟，为美国文学领域的专家学者提供一个新的学术交流平台，其结果便是美国文学协会的成立。美国文学协会每年都会举办年会，其会议不设全体大会，分组讨论是会议最主要的形式，而这些分组讨论全部由各个研究会自行组织。美国文学协会第三十届年会于 2019 年 5 月在波士顿举行，来自美国以及其他国家和地区的近千名学者参加了会议。美国当代的一些优秀作家如库尔特·冯内古特（Kurt Vonnegut）、唐·德里罗、科马克·麦卡锡（Cormac McCarthy）等也引起了越来越多的学者们的关注，专门的单个作家研究会相继成立，致力于持续、深入的研究。

四、唐·德里罗：当代美国文坛上一个独特的声音

唐·德里罗是当代美国最受尊敬的作家之一，不仅在世界各国拥有众多的读者，而且在学术界享有盛誉。在长达半个多世纪的创作生涯中，德里罗为读者奉献了数量众多且质量上乘的小说作品，其发表于 1985 年的《白噪音》（*White Noise*）已经成为美国高校英文系文学课上的必读书。有评论将他称为当代美国文坛巨擘，其作品代表了当代美国文学最高水准。更为重要的是，他将自己视为一名严肃的社会批评家。在其长达半个多世纪的创作生涯中，他对充斥着消费、娱乐和冷战思维的当代美国社会一直保持着冷峻观察和严肃反思。他那些具有代表性的小说作品对我们认识当代美国的社会心理和思维方式具有重要的学术和现实意义。作为美国官方叙事之外的一种声音，德里罗的小说作品对我们通过文学和文化透析当代美国社会具有重要的参考价值。

自 20 世纪 80 年代以来，德里罗的小说受到学术界越来越多的关注，现已成为当代美国文学研究当中的一个热点话题。自 1999 年成立以来，德里罗研究会（The Don DeLillo Society）已在现代语言学会和美国文学协会的年会上多次组织专题学术研讨会，不断拓宽研究话题的范围，推动德里罗研究的发展。此外，德里罗研究会还在其网站上统计和刊登有关德里罗研究的专著、论文集和论文。国外的德里罗研究从 20 世纪 80 年代末起步，后来逐渐形成热潮，进入 21 世纪以来，出版的相关研究专著日益增多。国内的德里罗研究始于 21 世纪初，数量可观的论文得以发表，并有研究专著陆续出版。文化记忆研究为我们在社会文化语境中重新审视过去

与现在的关系提供了一个重要的理论框架。

本书为解读德里罗的小说作品提供了一个全新的理论视角，凸显了德里罗作为战后美国历史“记录者”（chronicler）的重要地位，以及他的小说作品在建构战后美国文化记忆中的独特作用。本书不仅将许多第一手资料融入作品的分析当中，而且紧扣当代美国历史语境，对读者了解德里罗的作品以及当代美国历史和政治都能提供有价值的参考。

目　　录

“Writers must oppose systems. It’s important to write against power, corporations, the state, and the whole system of consumption and of debilitating entertainments... I think writers, by nature, must oppose things, oppose whatever power tries to impose on us.”

——Don DeLillo

“作家必须反对体制。以创作来反对权力、公司、当局、整个消费系统和使人软弱无力的娱乐系统非常重要……我认为作家的天性就决定了我们必须反对权力试图强加给我们的一切。”

——唐·德里罗

“This is the lost history that becomes the detailed weave of novels. Fiction is all about reliving things. It’s our second chance.”

——Don DeLillo,“The Power of History” (1997)

“遗忘的历史变成了小说中细致的编织物。小说就是让事情再经历一次。这是我们的第二次机会。”

——唐·德里罗:《历史的力量》(1997)

德里罗：战后美国的“记录者”

唐·德里罗是当代美国最重要的小说家之一。在长达半个多世纪的创作生涯中，德里罗以其执着的艺术追求和一系列杰出的作品荣获了无数奖项，包括美国国家图书奖（1986年）、笔会/福克纳小说奖（1992年）、耶路撒冷文学奖[①]（1999年）、美国艺术与文学学院（American Academy of Arts and Letters）的威廉·迪恩·豪威尔斯奖章（2000年）、笔会/索尔·贝娄奖（2010年）、国会图书馆美国小说奖（2013年）、诺曼·梅勒终身成就奖（2014年）、美国国家图书基金会美国文学杰出贡献奖章（2015年）等。2005年，《纽约时报书评》（*The New York Times Book Review*）对125名著名作家和批评家展开问卷调查，要求提名在过去25年里创作的最佳小说。

---

① 此前获得过该奖的作家和哲学家包括伯特兰·罗素（Bertrand Russell）、西蒙娜·德·波伏娃（Simone de Beauvoir）、豪尔赫·路易斯·博尔赫斯（Jorge Luis Borges）、尤金·尤涅斯库（Eugene Ionesco）、V. S. 奈保尔（V. S. Naipaul）、米兰·昆德拉（Milan Kundera）等。德里罗是美国第一位获得耶路撒冷文学奖的作家。

德里罗有三本小说进入前20名：《地下世界》(*Underworld*, 1997)、《白噪音》和《天秤星座》(*Libra*, 1988)(Duvall, Introduction 1)。2008年，剑桥大学出版社推出了由美国普渡大学的约翰·N. 杜瓦尔(John N. Duvall)教授主编的《剑桥文学指南：唐·德里罗》(*The Cambridge Companion to Don DeLillo*)，进一步巩固了德里罗在学术界的地位。著名文学批评家、耶鲁大学教授哈罗德·布鲁姆(Harold Bloom)曾把德里罗和托马斯·鲁格斯·品钦(Thomas Ruggles Pynchon)、菲利普·罗斯(Philip Roth)、科马克·麦卡锡列为美国目前在世的四位"仍在写作、值得我们称赞"[①]的小说家。

德里罗于1936年11月20日出生在纽约布朗克斯，父母都是信奉天主教的意大利移民(Kellman 2)。他在布朗克斯的福特汉姆一带长大，这里是纽约意大利移民的聚集之地，居民大多数是工薪阶层。德里罗从小接受天主教式的家庭教育，童年时喜欢棒球和足球运动。1954年从海耶斯主教高中(Cardinal Hayes High School)毕业后，他进入了同样有天主教背景的福特汉姆大学(Fordham University)学习传媒艺术。1958年德里罗从福特汉姆大学毕业，获得了学士学位。因为在出版界求职未果，他于次年在位于第五大道的奥美广告公司(Ogilvy & Mather)[②]谋得了一份广告撰稿人(文案)的工

① Harold Bloom, "Dumbing Down American Readers," *The Boston Globe*, Sept. 24, 2003. http://archive.boston.com/news/globe/editorial_opinion/oped/articles/2003/09/24/dumbing_down_american_readers/. 2018年5月22日，菲利普·罗斯因充血性心力衰竭在纽约一家医院去世，享年85岁。

② 奥美广告如今已成为国际广告界的巨头，在全世界120个国家范围内，共拥有450个分支机构，服务于500多家公司和组织。详见 http://www.ogilvy.com.cn/our-culture-vision/。

作，但德里罗始终对这个职业不感兴趣，于是在奥美广告工作了五年之后他毅然辞职离开。

在度过一段迷惘的时期后，他终于决定投身文学创作，“开启我的人生，我真正的人生”（Passaro 78）。在后来追溯往事时，德里罗强调他童年时代喜爱的现代主义文学代表作家有詹姆斯·乔伊斯（James Joyce）、威廉·福克纳（William Faulkner）、玛丽·弗兰纳里·奥康纳（Mary Flannery O'Connor）、欧内斯特·海明威（Ernest Hemingway）等，爵士乐代表人物有奥奈特·科尔曼（Ornette Coleman）、查尔斯·明戈斯（Charles Mingus）、迈尔士·戴维斯（Miles Davis）等，战后欧洲电影代表导演有费德里科·费里尼（Federico Fellini）、让-吕克·戈达尔（Jean-Luc Godard）、米开朗基罗·安东尼奥尼（Michelangelo Antonioni）、弗朗索瓦·特吕弗（François Truffaut）等，以及抽象表现主义，这些都对他日后走上文学之路具有重要影响（Passaro 79）。1960年，德里罗在《纪元》（*Epoch*）杂志上发表了自己的第一篇短篇小说《约旦河》（“The Jordan River”）。此后数年他一直混迹于纽约，在没有火炉和冰箱的小公寓里过着贫苦的生活，但一直坚持写作梦想。1966年前后，他开始尝试创作长篇小说。因为经常不得不放下手头的工作去打临工以维持生计，因此他花了4年时间才完成了他的第一部长篇小说。这就是1971年由霍顿·米夫林出版公司出版的《美国志》（*Americana*）。

德里罗在20世纪70年代迎来了自己的一个创作高峰，在从1971年到1978年的8年里，他发表了5部长篇小说：《球门区》（*End Zone*，1972）、《琼斯大街》（*Great Jones Street*，1973）、《拉特纳的星球》（*Ratner's Star*，1976）、《玩家》

（*Players*，1977）、《走狗》（*Running Dog*，1978）。这 5 部作品构成了德里罗文学创作生涯的第一个阶段。总的来说，这些作品出版后得到的评价是毁誉参半，并未引起评论界的重视。

1975 年，德里罗与从事银行业的芭芭拉·班尼特（Barbara Bennett）结婚。1979 年，德里罗获得古根海姆奖（Guggenheim Fellowship），他们夫妇二人得以游历中东地区并在希腊定居了两年。希腊的生活经历为德里罗 1982 年出版的《名字》（*The Names*）提供了素材。在不少批评家看来，《名字》是德里罗创作生涯中取得突破性进展的一部作品，因为它获得的好评和受到的关注远远超过他此前发表的任何作品。1984 年，德里罗获得美国艺术与文学学院颁发的文学奖，他开始受到更广泛的关注。1985 年出版的《白噪音》是德里罗的第八部长篇小说，获得了 1986 年的国家图书奖，现已成为后现代文学的经典，这在很大程度上奠定了德里罗作为美国著名后现代小说家的地位。在约翰·F. 肯尼迪（John F. Kennedy）遇刺 20 多年后，德里罗决定写一部关于这个美国历史上标志事件的小说，这就是 1988 年出版的《天秤星座》。这是德里罗的作品中首次成为畅销书的小说，此前他的小说仅仅受到少数忠实读者的推崇。1991 年出版的《遁世作家》（*Mao Ⅱ*）关注的是小说家在恐怖主义频发的当代社会中的地位，获得了 1992 年的笔会/福克纳小说奖。这部作品明显受到印度裔英国作家萨尔曼·拉什迪（Salman Rushdie）事件的影响[①]。在大多数评论家们看来，篇幅长达 827 页的《地下世界》是最能

① 萨尔曼·拉什迪（1947— ，又译萨尔曼·鲁西迪），印度裔英国作家。因其小说《撒旦诗篇》（*The Satanic Verses*，1988）里有对伊斯兰教先知不敬的内容，他在伊斯兰世界引起巨大的争议。

体现德里罗雄心的作品，也是他的一部杰作。小说展现了美国从 20 世纪 50 年代到 90 年代长达 40 年的历史发展轨迹，对冷战阴云、美苏之间的核军备竞赛、消费主义盛行、垃圾泛滥等重要问题进行了独具匠心的再现，使之成为书写战后美国历史最伟大的作品之一。英国著名小说家、批评家马丁·艾米斯（Martin Amis）称《地下世界》的问世标志着德里罗“跻身伟大作家的行列”[①]。这部作品也为德里罗赢得了《纽约时报》最佳图书奖（1997 年）、耶路撒冷文学奖[②]（1999 年）、美国艺术与文学学院的威廉·迪恩·豪威尔斯奖章（2000 年）等众多殊荣。《白噪音》《天秤星座》《地下世界》构成了德里罗小说创作第二个阶段中三部最重要的作品。

在某种意义上，发生在 2001 年的“9·11”事件可以被看作德里罗文学创作第三个阶段的起点。《人体艺术家》（*The Body Artist*，2001）表现了德里罗对行为艺术的关注，小说写的是一位住在出租房里的女艺术家遇到了一个陌生的、年龄不明的男人，后者离奇地对她以前的身世了如指掌。《大都会》（*Cosmopolis*，2003）写的是一位年轻的华尔街富豪在一天之内遭遇的打击和毁灭，似乎预兆了 2008 年发生在美国乃至全球的金融危机。《坠落的人》（*Falling Man*，2007）是德里罗首次用小说的方式反思“9·11”事件，表现了纽约市民在经历了恐怖袭击之后精神上所受的创伤，现已成为“9·11”文

---

① Martin Amis, “Survivors of the Cold War,” *New York Times Book Review*, Oct. 5, 1997: 12-13. (Rev. of Don DeLillo, *Underworld*.)

② 德里罗在 1999 年耶路撒冷国际书展上被授予“耶路撒冷文学奖”。此奖用于奖励那些在作品中表达个人自由主题的作家，德里罗是获得该奖的第一位美国作家。

学的经典之作。德里罗历来对美国历史上的重要事件非常关注，《欧米伽点》（*Point Omega*，2010）的写作背景是美国自2003年开始的伊拉克战争。这部小说的创作灵感来自德里罗在纽约现代艺术博物馆看到的道格拉斯·戈登（Douglas Gordon）的录像作品《24小时惊魂记》（*24 Hour Psycho*）[①]。这部作品表现了后“9·11”时代美国人精神上的痛苦、焦虑和危机感。虽然德里罗以长篇小说享誉文坛，但他是从短篇小说踏上文学创作之路的。2011年出版的《天使埃斯梅拉达：九个故事》（*The Angle Esmeralda: Nine Stories*）是德里罗出版的首部短篇小说集，收录了他从1979年到2011年期间发表的9篇短篇小说，恐怖、危险和灾难是联系这些故事的主要主题。2016年，德里罗出版了他的第16部小说——《绝对零度》（*Zero K*，2016）[②]，小说讲述的是身为亿万富翁的主人公因为年轻的妻子患病到了晚期，希望通过人体冷冻技术保存妻子的身体，然后等待未来某个时候利用更发达的生物医学技术实现让妻子复活和永生的愿望，表现了作家对死亡、生命、人性、爱等主题的思考。在新型冠状病毒肺炎（COVID-19）大范围暴发之前，德里罗完成了小说《寂静》（*The Silence*），小说在2020年10月出版[③]，是德里罗的最新力作。除了上述17部长篇小说和一部短篇小说集外，德里罗还出版过一部中篇小说《帕夫科站在墙边》（*Pafko at the*

① 《24小时惊魂记》是道格拉斯·戈登的录像作品，1993年初映于格拉斯哥和柏林。2006年夏，这一作品在纽约现代艺术博物馆放映。参见 Don DeLillo, “Acknowledgment.” In *Point Omega*, New York: Scribner, 2010.

② 开尔文（Kelvin）是温标的计量单位，Zero K 为绝对零度，等于−273.15℃。

③ Don DeLillo. *The Silence*. New York: Scribner, 2020.

Wall，1992）[1]和三部剧本《休息室》（*The Day Room*，1986）、《瓦尔帕莱索》（*Valparaiso*，1999）、《尾穗苋》（*Love-Lies-Bleeding*，2006）[2]。

客观而论，德里罗的创作生涯经历了一个较长的"准备期"：从1971年发表的《美国志》一直到1982年的《名字》。在此期间，德里罗似乎还在寻找他书写当代美国社会的切入点。从电影传媒（《美国志》）到体育运动（《球门区》），从摇滚音乐（《琼斯大街》）到解密外太空传递来的信息（《拉特纳的星球》），从恐怖分子的阴谋（《玩家》）到色情电影的黑市（《走狗》），我们看到德里罗似乎在不断调整自己的审视对象和观察视角。历史、恐怖、妄想狂等贯穿他日后作品的主题也逐渐变得清晰起来，而今他在当代美国文坛终于确立了自己独特的风格和公认的地位。在长达半个多世纪的创作生涯中，他几乎囊括了美国所有的重要文学奖项[3]，其读者群从早期少数忠实读者不断扩大到各个群体，成为目前美国在世的作家中最受尊敬、成就最大的作家之一。

由于他的不少作品都再现了美国历史上的关键时刻，因此从某种程度上说，德里罗的确可以称得上是战后美国的"记

---

① 《帕夫科站在墙边》最初于1992年11月发表在《哈珀》（*Harper's*）杂志上，后来成为德里罗1997年长篇小说《地下世界》的开篇，标题改为《死亡的胜利》（"The Triumph of Death"），内容略有改动。2001年，斯克里布纳（Scribner）出版社又推出了单行本，内容与《地下世界》里的版本一致，题目为《帕夫科站在墙边》。

② 德里罗于1979年出版过一部名为《月光工程师》（*The Engineer of Moonlight*）的剧本，但从未搬上舞台演出过。

③ 近年来，德里罗又先后获得了笔会/索尔·贝娄美国小说成就奖（2010年）、国会图书馆美国小说奖（2013年）、诺曼·梅勒终身成就奖（2014年）、美国国家图书基金会美国文学杰出贡献奖（2015年）。

第一章

国内外德里罗研究现状

自 20 世纪 70 年代初开始发表长篇小说起，德里罗就受到了评论界的长期关注。不少当代著名作家，如乔伊斯·卡罗尔·欧茨（Joyce Carol Oates）、约翰·厄普代克（John Updike）、马丁·艾米斯等，都为德里罗的小说撰写过书评。《纽约时报》更是对德里罗发表的每一部小说（包括他匿名发表的那一部）都刊登过评论（Ruppersburg & Engles 1）。如今，德里罗已是美国文学评论界最受推崇的作家之一，其发表于 1985 年的《白噪音》早已进入美国大学英文系后现代文学课上的必读书目。通过对国内外德里罗研究成果的梳理，不难看出自 20 世纪 80 年代发展至今，德里罗研究已经逐渐形成了一个涵盖简介、综述、专著、论文集、教材等在内的相当完整的体系。

第一节　国外德里罗研究现状

在德里罗的第八部小说《白噪音》于1985年出版之前，对他早期发表的小说的研究仅仅散见于各家报纸和学术期刊上，而且总的来说评价褒贬不一、反响平平。《白噪音》的出版以及次年该小说荣获的美国国家图书奖，在一定程度上证明了一部分评论家对德里罗长期以来抱有的期待和推崇是富有远见的，此后专门研究德里罗的专著开始出现。国外专门的德里罗研究以介绍性、个案式研究起步，如汤姆·李克莱（Tom LeClair）的《循环：唐·德里罗和系统小说》(*In the Loop: Don DeLillo and the Systems Novel*，1987)、弗兰克·伦特里基亚（Frank Lentricchia）的《唐·德里罗导读》(*Introducing Don DeLillo*，1991)、道格拉斯·柯塞（Douglas Keesey）的《唐·德里罗》(*Don DeLillo*，1993)、彼得·伯克赛尔（Peter Boxall）的《唐·德里罗：小说的可能性》(*Don DeLillo: The Possibility of Fiction*，2006)、亨利·维吉安（Henry Veggian）的《理解唐·德里罗》(*Understanding Don DeLillo*，2014）等都属于这一类。这类研究的特点是基本上是对德里罗的作品按照发表的年代逐一进行介绍和评论。例如，李克莱的《循环：唐·德里罗和系统小说》对德里罗从《美国志》到《白噪音》的8部小说逐一进行了评论；柯塞的《唐·德里罗》则将其后来发表的《天秤星座》和《遁世作家》也纳入了研究的视野，对德里罗的10部小说都进行了解读；伯克赛尔的《唐·德里罗：小说的可能性》按照十年一个阶段，对德里罗20世纪70年代、80年代、90年代以及21世纪初期发表的小说进行了全面的分析，对《地下世界》《人体艺术家》《大都会》都有专门的论述。总体上看，这几部有关德里罗长篇小说的研究专著都是立足于从宏观上展现德里罗小说创作的发展轨迹，整体上问题聚焦不太明确，对单个小说的讨论显得不够深入。

这一现状显然也被学术界注意到，因为随后出现的有关德里罗小说作品的研究成果多为专题性著作。这类研究要么专论某一部作品，要么集中于探讨德里罗小说中某一主题蕴含的不同侧面。前者如伦特里基亚主编的《〈白色噪音〉新论》（*New Essays on White Noise*，1992）、约瑟夫·杜威（Joseph Dewey）主编的《〈地下世界〉面面观》（*Underwords: Perspectives on Don DeLillo's Underworld*，2002）就是对《白色噪音》和《地下世界》这两部重要作品的专门性、多视角的解读；后者例如马克·欧斯汀（Mark Osteen）的《美国魔力和恐惧：唐·德里罗与文化的对话》（*American Magic and Dread: Don DeLillo's Dialogue with Culture*，2000）、约瑟夫·杜威的《超越悲伤和虚无：唐·德里罗解读》（*Beyond Grief and Nothing: A Reading of Don DeLillo*，2006）、杰西·卡瓦杜罗（Jesse Kavadlo）的《唐·德里罗：信仰边缘的平衡》（*Don DeLillo: Balance at the Edge of Belief*，2004）、大卫·科沃特（David Cowart）的《唐·德里罗：语言的物理学》（*Don DeLillo: The Physics of Language*，2002）、克里斯托弗·多诺万（Christopher Donovan）的《后现代反叙事：保罗·奥斯特、唐·德里罗、查尔斯·约翰逊和蒂姆·奥布莱恩小说中的反讽和读者》（*Postmodern Counternarratives: Irony and Audience in the Novels of Paul Auster, Don DeLillo, Charles Johnson, and Tim O'Brien*，2005）、爱丽丝·A. 马尔图奇（Elise A. Martucci）

的《唐·德里罗小说中的环境无意识》(*The Environmental Unconscious in the Fiction of Don DeLillo*, 2007)、凯瑟琳·莫利(Catherine Morley)的《当代美国小说中的史诗追寻:约翰·厄普代克、菲利普·罗斯和唐·德里罗》(*The Quest for Epic in Contemporary American Fiction: John Updike, Philip Roth and Don DeLillo*, 2008)、马克·舒斯特(Marc Schuster)的《唐·德里罗、让·鲍德里亚以及消费难题》(*Don DeLillo, Jean Baudrillard, and the Consumer Conundrum*, 2008)等,从德里罗与当代大众文化、叙事、宗教、语言的力量、生态意识、美国经验与欧洲传统、对神话史诗的追寻以及消费主义和恐怖的联系等方面来透析德里罗的小说。因为这一类研究专门聚焦于某一个问题,所以论述相对集中,具有相当的深度。

近几年出版的德里罗最新研究专著主要有彼得·施耐克(Peter Schneck)和菲利普·施韦豪瑟(Philipp Schweighauser)的《恐怖主义、媒介和小说的伦理:跨大西洋视角下的唐·德里罗》(*Terrorism, Media, and the Ethics of Fiction: Transatlantic Perspectives on Don DeLillo*, 2010)、保罗·吉亚莫(Paul Giaimo)的《理解唐·德里罗:一个作家的作品的道德力量》(*Appreciating Don DeLillo: The Moral Force of a Writer's Work*, 2011)、泰勒·H. 凯塞尔(Tyler H. Kessel)的《解读美国文学中的风景:唐·德里罗小说中的外界环境》(*Reading Landscape in American Literature: The Outside in the Fiction of Don DeLillo*, 2011)、斯泰西·奥斯特(Stacey Olster)的《唐·德里罗:〈遁世作家〉〈地下世界〉〈坠落的人〉》(*Don DeLillo: Mao II, Underworld, Falling Man*, 2011)、亨利·维吉安的《理解唐·德里罗》(2014)等,从恐怖主义和媒介文

化、道德解读、文学中的风景、反历史叙事、叙事策略的演变等角度对德里罗的小说作品进行了深入分析。

在论文集方面，比较重要的有休·鲁佩斯伯格（Hugh Ruppersburg）和蒂姆·恩格斯（Tim Engles）的《唐·德里罗评论集》（*Critical Essays on Don DeLillo*，2000）和美国普渡大学约翰·N. 杜瓦尔教授主编的《剑桥文学指南：唐·德里罗》，后者由剑桥大学出版社在 2008 年出版。这一著作的正式出版可以说标志着德里罗研究已经进入主流学术界，并在一定程度上确立了德里罗作为当代经典作家的地位。关于德里罗的小说的最新一部论文集是杰奎琳·A. 祖贝克（Jacqueline A. Zubeck）主编的《千禧年之后的唐·德里罗：潮流与流行观点》（*Don DeLillo After the Millennium: Currents and Currencies*，2017），从德里罗对当代美国文化潮流以及未来趋势的预见这个角度，对进入 21 世纪以后德里罗发表的五部长篇小说（从《人体艺术家》到《绝对零度》）、两部剧本和一部短篇小说集进行了解析。

在有关德里罗小说的教材方面，目前出版的主要有杜瓦尔主编的《德里罗的〈地下世界〉导读》（*Don DeLillo's Underworld: A Reader's Guide*，2002）、蒂姆·恩格斯与杜瓦尔合编的《德里罗〈白噪音〉的教学方法》（*Approaches to Teaching DeLillo's White Noise*，2006）。

此外，密西西比大学出版社在他们的“文学对话系列”中也推出了托马斯·德皮特罗（Thomas DePietro）主编的《与唐·德里罗的对话》（*Conversations with Don DeLillo*，2005），收录了 17 篇与德里罗的访谈。由于德里罗一直过着隐居的生活，很少出席公开活动，对自己的个人生活和作品也绝少透露，这部《与唐·德里罗的对话》就成为大多数研究者了解和透视德里罗个人生活和创作的重要来源。

不难看出，在国外学术界，尤其是美国学术界，德里罗研究专著的数量在近十年来显著增加，新的研究视角也是层出不穷。

第二节 国内德里罗研究现状

相较于同时代的作家，德里罗是当代著名美国作家中较晚进入中国研究者视线的，其作品的译介和研究工作也都起步较晚。1996 年译林出版社出版的《天秤星座》（韩忠华译）是德里罗的小说在国内出版的第一个中译本。而根据“中国知网”的检索结果，国内发表的第一篇有关德里罗的学术论文是朱叶于 2002 年发表的《美国后现代社会的“死亡之书”——评唐·德里罗的小说〈白噪音〉》一文①。截至 2020 年，德里罗的小说中已有十部长篇和一个短篇小说集在中国推出了中文版②。而关于德里罗作品的研究和评论大有后来居上的趋势，现今日

① 朱叶：《美国后现代社会的“死亡之书”——评唐·德里罗的小说〈白噪音〉》，《当代外国文学》2002 年第 4 期，第 159-163 页。

② 《玩家》，郭国良译，杭州：浙江文艺出版社，2012 年；《名字》，李公昭译，南京：译林出版社，2002 年；《白噪音》，朱叶译，南京：译林出版社，2002/2013 年；《天秤星座》，韩忠华译，南京：译林出版社，1996/2013 年；《地下世界》，严忠志译，南京：译林出版社，2013 年；《人体艺术家》，文敏译，杭州：浙江文艺出版社，2012 年；《大都会》，韩忠华译，北京：人民文学出版社，2011 年/上海：上海文艺出版社，2014 年；《坠落的人》，严忠志译，南京：译林出版社，2010 年；《欧米伽点》，张冲译，南京：译林出版社，2013 年；《天使埃斯梅拉达：九个故事》，陈俊松译，南京：译林出版社，2015 年；《零 K》，靖振忠译，南京：译林出版社，2020 年。

益受到从事美国文学研究的中国学者的重视和推崇。

国内早期的德里罗研究主要集中在《白噪音》《名字》《天秤星座》这三部作品上，朱叶、李公昭、杨仁敬、范小玫、方成、朱新福、王予霞等学者从后现代、生态意识、叙事语言、自然主义传统、政治情愫、恐怖主义诗学等角度对其作品进行了分析和解读。时至今日，德里罗的小说在国内研究得最多的仍是《白噪音》[①]。随着研究工作的推进，有学者开始对《白噪音》《天秤星座》《地下世界》《坠落的人》这四部小说展开多角度的研究，如周敏、朱梅、朴玉、但汉松、姜小卫、王薇及笔者本人等。还有张琼、尚必武、张琦、孙杰娜、李思等研究者对德里罗新进发表的《大都会》《欧米伽点》《绝对零度》当中的主题意蕴进行了探究。国内德里罗研究绝大多数聚焦的是他的长篇小说，而对他的短篇小说作品则没有给予足够的重视，目前只有杨仁敬和笔者等个别研究者对德里罗的短篇小说进行了翻译、介绍和评析。

在与德里罗相关的专著方面，笔者的《当代美国编史性元小说中的政治介入》(2013年)从"编史性元小说"这个后现代文类特征结合小说对现实政治介入的德里罗的《天秤星座》进行了深入分析；范小玫的《新历史主义视角下的唐·德

---

① 例如，朱叶：《美国后现代社会的"死亡之书"——评唐·德里罗的小说〈白噪音〉》，《当代外国文学》2002年第4期，第159-163页；范小玫：《德里罗："复印"美国当代生活的后现代派作家》，《外国文学》2003年第4期，第3-7页；朱新福：《〈白噪音〉中的生态意识》，《外国文学研究》2005年第5期，第109-114页；张杰、孔燕：《后现代社会的诗性特征：生活的符号化——〈白噪音〉文本的对话式解读》，《外国文学研究》2006年第5期，第40-44页；方成：《后现代小说中自然主义的传承与塑型：唐·德里罗的〈白色噪音〉》，《当代外国文学》2003年第4期，第93-99页；等等。

里罗小说研究》(2014年)从新历史主义的视角探讨了德里罗的《天秤星座》《坠落的人》《白噪音》《遁世作家》《地下世界》5部小说中对美国历史的记录、历史的文本性以及叙事策略；史岩林的《论唐·德里罗小说的后现代政治写作》(2018年)对德里罗小说中的思想内涵进行了发掘，揭示了文本背后的权力逻辑和政治指向；朱荣华的《唐·德里罗小说中的后现代伦理意识研究》(2018年)以伊曼纽尔·列维纳斯(Emmunuel Levinas)等人的伦理思想为依据，对德里罗的《白噪音》等7部小说中的伦理意蕴进行了深入的解读，指出德里罗的小说对当代美国社会经济与文化状况进行了批判，具有一种人文关怀。

尤为值得一提的是，截至2020年国内共有9篇博士论文选择专门以德里罗为研究对象[①]。由此可见，国内的德里罗研究不仅研究对象正在不断扩大，而且关注的问题也在不断深化，从早期对后现代、生态问题的关注转向了对恐怖主义、媒介文化、互文性、历史书写、后世俗主义、时间观、小说人物的身体行为等众多问题的思考。除了小说之外，德里罗的剧本近年来也开始受到国内学者的关注。李楠对德里罗发

① 李霄垅：《论唐·德里罗小说中的恐怖主义病理机制》，上海外国语大学博士论文，2012年；张瑞红：《快感与焦虑——唐·德里罗小说中的媒介文化研究》，中央民族大学博士论文，2013年；马群英：《阐释美国当代社会：德里罗作品的互文性研究》，厦门大学博士论文，2013年；沈非：《超真实——唐·德里罗小说中的后现代现实研究》，北京外国语大学博士论文，2015年；曾燕冰：《唐·德里罗小说创伤叙事解读》，上海交通大学博士论文，2016年；李震红：《唐·德里罗小说中的危机主题研究》，苏州大学博士论文，2016年；沈谢天：《唐·德里罗小说的后世俗主义研究》，华东师范大学博士论文，2017年；王君：《唐·德里罗新世纪小说的时间研究》，上海外国语大学博士论文，2018年；兰海英：《唐·德里罗小说中的身体性研究》，北京外国语大学博士论文，2020年。

表于 2006 年的《尾穗苋》一剧中对生命问题的讨论和思考进行了较为深入的分析，指出德里罗的生命观与德勒兹等理论家对生命问题的阐释多有契合。

从上述文献梳理中不难看出，作为一名至今仍笔耕不辍的当代作家，德里罗现已受到了国内外学者的广泛关注。研究者对他作品中的主题内涵、艺术技巧、叙事策略、哲学思想等各个方面都表现出浓厚的学术兴趣，新的研究成果不断涌现。

纵观德里罗的主要小说作品，从 1951 年苏联原子弹试验[①]到 1963 年肯尼迪总统遇刺，从 2001 年“9·11”恐怖袭击事件到 2003 开始的伊拉克战争，他对历史、政治以及当代美国社会危机的关注是贯穿其作品的主线。国内有不少评论者用“复制美国社会”来评价德里罗的小说对美国当代社会的书写[②]。历史、恐怖、妄想狂、记忆无疑是德里罗主要的小说作品中最重要的主题。然而，目前国内外学界尚未从战后美国的文化记忆这一视角对德里罗小说中的历史再现和创伤叙事进行深入的研究，本书希望在此方面进行一次积极的尝试。本书选取德里罗 4 部以历史事件为题材的小说作品为研究对象，在对小说文本的细致解读和理论阐释的基础上，考察作品如何通过对创伤、恐怖的文学叙事参与对战后美国文化记忆的重构。

---

① 1945 年 7 月 16 日，世界上首颗原子弹在美国新墨西哥州爆炸成功。1949 年 8 月 29 日，苏联第一枚原子弹在哈萨克斯坦成功地进行了试爆。1951 年，苏联又进行了两次原子弹试爆。

② 例如，范小玫：《德里罗：“复印”美国当代生活的后现代派作家》，《外国文学》2003 年第 4 期，第 3-7 页；张瑞红：《快感与焦虑——唐·德里罗小说中的媒介文化研究》，中央民族大学博士论文，2013 年。

第二章

文化记忆批评：走向一种跨文化、跨学科的批评范式

从某种程度上说，过去的30多年见证了文学理论盛极而衰的发展历程。在后现代主义、文化研究、生态批评之后会出现什么重要理论？何种理论将在21世纪异军突起？面对这些问题，我们试图建构一种文化记忆理论。文化记忆理论因其跨学科和跨文化特性现已越来越多地应用于文学研究中。莫里斯·哈布瓦赫（Maurice Halbwachs）、皮埃尔·诺拉（Pierre Nora）、扬·阿斯曼（Jan Assmann）和阿莱达·阿斯曼（Aleida Assmann）、阿斯特莉特·埃尔（Astrid Erll）等人的记忆理论与文学批评的关系非常密切，因为文学书写和文化记忆都是对过去经验的重构。进入21世纪后，此前的各种重大历史事件如"犹太人大屠杀"、"南京大屠杀"、冷战、越南战争、"9·11"恐怖袭击等都要求我们回顾这些惨痛经验并重构文化记忆。对于书写这类历史题材的文学文本，文化记忆批评可以发挥新颖而有效的阐释效力。

第一节　从“理论之后”到“理论复兴”

20 世纪历来被称为“批评的世纪”。然而，自 20 世纪八九十年代以来，随着不少理论大师相继辞世、西方社会现实状况的变迁，以及批评理论自身的发展，20 世纪 60—80 年代那个批评理论的“黄金年代”似乎一去不复返了。自 20 世纪 90 年代起，西方批评界时不时发出“理论终结”或“理论已死”的论调（Culler 16）。而中国文学理论界自 20 世纪 70 年代末以来，一直紧跟西方批评理论的发展，大规模地引进、译介了几乎所有的西方主流批评理论。因此，西方文学批评的发展动向对国内学术界有着重要的传导影响。进入 21 世纪后，国内外的文学理论家和学者在反思 20 世纪文学理论兴衰历程的基础上，也试图从各自不同的视角探讨和展望 21 世纪文学理论的走向和趋势。

西方文学和文化批评历来注重对现实社会的理论关照。2003 年，英国著名文学理论家特里·伊格尔顿（Terry Eagleton）推出的《理论之后》（*After Theory*）是“9·11”事件发生之后首部对西方文化理论的发展现状进行探讨的代表性著作。由文学理论畅销书作家，如伊格尔顿的《文学理论导论》（*Literary Theory: An Introduction*）累计销量逾百万册，在时隔 20 年后发出“理论终结”的感叹，也许多少可以反映这个领域的现状。在《理论之后》这部引起不少误解和误读的著作里，伊格尔顿指出以结构主义、后结构主义为代表的“高深理论”（high theory）现已日薄西山，后继乏人，而“向我们保证宏大叙事已是过去”的后现代主义“正走向终点”（Eagleton 221）。但“理论之后”并不真正意味着理论的终结，而是面对着资本主义的一种新的全球性叙事、面对着所谓的反恐战争，过去的思维模式可能不再适用，需要探索新的话题，而不是重复“阶级、种族、性别”这些话题。正如伊格尔顿在全书结尾处所指出：“我们永远不能在‘理论之后’，因为没有理论就没有反思的人生。随着我们的状况的改变，我们只会用尽某些思维方式。随着一种新的有关资本主义的全球叙事的开始，随着所谓的反恐战争，可能那种被称为后现代主义的思考方式现在正走向终点。”（221）

在人文社会科学研究中，批评理论大行其道、独领风骚的势头毕竟难以持续。学者张隆溪注意到，“进入二十一世纪以来，理论热已明显地减退了”（57）。那么，在以结构主义和解构主义为代表的“高深理论”走向终结后，文学理论该何去何从？伊格尔顿似乎并没有给出明确的答案。而西方学界中则早有前瞻性的思考——生态批评、伦理转向、回归美学、新叙事学（或后经典叙事学）等就是学者们所预测的发展趋势。国内从事西方文学理论研究的学者也纷纷撰文参与讨论，探讨21世纪文学理论的未来和走向。例如，王宁指出新世纪“文学理论与文化理论融为一体，用于解释全球化时代的各种文化想象”（30）；盛宁呼吁在理论热消退后“返回经典、深化实践”（70）；王逢振提倡对各种理论“采取‘兼容并包’的态度”（21）；阎嘉认为21世纪批评理论的发展格局将是强调多元化的“马赛克主义”（90）；赵毅衡主张“重返新批评”；程朝翔则认为“理论之后，哲学登场”（236）。应该说，这些对21世纪文学理论走向的前瞻性探讨都有一定的合理性，从不同侧面反映了批评理论在各个人文学科所产生的广泛影响。

美国著名文学理论家、《诺顿文学理论和批评选集》（*The Norton Anthology of Theory and Criticism*）的主编文森特·B. 里奇（Vincent B. Leitch）一直是一位坚定的理论捍卫者。在一次访谈中，他认为“缺少理论的批评是无法想象的”，“读者要完全逃离理论是不可能的”，并坚信“任何想回到理论之前，或来到理论之后，或埋葬理论的愿望都是一种愤怒的幻想”（转引自朱刚 4）。2014年，里奇将自己最新出版的专著命名为《21世纪的文学批评：理论复兴》（*Literary Criticism in the 21st Century: Theory Renaissance*）。针对自20世纪80年代以来形形色色的“反理论”（anti-theory）观点，里奇仍然坚信理论是我们回应全球化的一种方式（Leitch 147）。同时，他对21世纪文学批评的适用性也进行了思考和阐述，并在此基础上提出“21世纪理论复兴”的观点。

回顾文学理论在过去一个世纪的发展和兴衰，我们也对文学理论本身的价值，以及各种理论的优势和缺陷有了更清醒和全面的认识。正如伊格尔顿所说的，虽然理论的黄金时代也许已经逝去，但任何企图回到理论之前的“纯真年代”的尝试注定是徒劳的。如果里奇主张的“21世纪理论复兴”尚有可能，那么这种复兴首先也应该是破除文学本身的藩篱，来自一种全新的跨学科、跨文化的批评范式。

第二节 文化记忆理论

记忆可以说与人类历史同时产生。纵观人类历史长河，东西方文明都对记忆非常关注，早在远古时期就对记忆进行了可贵的探索。例如，古希腊时期的记忆术和古代中国的易经八卦、阴阳五行中就都包含着远古先贤对记忆规律的探索与应用。虽然这些与后来产生的记忆理论和记忆研究并没有太大的关联，但却证明了人类对记忆的关注和探索有着悠久的历史和传统。

现代记忆研究可追溯至西格蒙德·弗洛伊德（Sigmund Freud）、亨利·柏格森（Henri Bergson）等人，不过他们主要关注的是个体记忆。20 世纪 20 年代，法国社会学家莫里斯·哈布瓦赫认为“人们通常是在社会中获得他们的记忆的”，因此存在“一种集体记忆和记忆的社会框架”（Halbwachs 38）。他首次将“集体记忆”（mémoire collective）引入社会心理学，提出“记忆具有社会性”，奠定了社会记忆理论。在哈布瓦赫及随后的德国艺术史学家阿比·瓦尔堡（Aby Warburg）等人的推动下，记忆研究从原有的心理学领域转向了更为广阔的社会和文化领域。20 世纪 80 年代，法国历史学家皮埃尔·诺拉在重拾哈布瓦赫有关观点的基础上，提出了“记忆场”（lieux de mémoire）这一概念。诺拉认为“记忆之场是实在的、象征性的和功能性的场所”，其用途“在于定期集中地唤起回忆”（20）。同一时期的英国社会人类学家保罗·康纳顿（Paul Connerton）则将权力话语引入“社会记忆”的研究当中，指出“控制一个社会的记忆很大程度上取决于权力的等级”（Connerton 1）。关于社会如何传达和维持记忆这个问题，他认为，通过使用信息处理机器来组织集体记忆就不仅仅是一个技术性问题，而是与合法性直接相关，控制和拥有信息是一个至关重要的政治问题（1）。

20世纪80年代末，德国学者扬·阿斯曼和阿莱达·阿斯曼在对“集体记忆”进行区分的基础上提出了“文化记忆”（Kulturelle Gedächtnis）这个核心概念，促进了文化记忆研究在德国的蓬勃发展，成为“新记忆研究”的代表人物。哈布瓦赫在其研究中，将记忆划分为“个人记忆”和“集体记忆”。扬·阿斯曼则希望通过将“集体记忆”进一步区分为“交往记忆”（Kommunikatives Gedächtnis）和“文化记忆”，来对其进行深入探究。“文化记忆”是相对于“交往记忆”而言的。交往记忆贴近日常生活，存在于人脑的记忆中，持续时间较短，“随着它的承载者而产生并消失”，而文化记忆则远离日常生活，被客观外化物所固定下来，一般不随时间的逝去而改变（Assman 127；扬·阿斯曼 44-51）。根据扬·阿斯曼的定义，“文化记忆”是“关于一个社会的全部知识的概念，在特定的互动框架之内，这些知识驾驭着人的行为与体验，并需要人们经过一代又一代反复了解和熟练掌握才能获得”（Assman 126）。需要指出的是，阿斯曼并不是要用“文化记忆”来取代哈布瓦赫的“集体记忆”，而是坚持将文化纳入对记忆的研究当中（哈布瓦赫是将文化排除在记忆研究之外的）。

目前，文化记忆研究的一个重要发展趋势是除了其传统领域（如心理学、社会学、历史学、民俗学等）之外，记忆理论还越来越广泛地应用到了文学研究当中。在这一方面，德国法兰克福大学英美文学教授阿斯特莉特·埃尔是研究文化记忆的著名学者。她明确指出，文学可以“作为集体记忆的一种媒介”（冯亚琳、埃尔 227）。

近年来，我国学术界也对文化记忆产生了浓厚的兴趣，以“文学与记忆”为主题的学术会议时常可见[①]。黄晓晨（2006年）、王霄冰（2007年）、唐少杰（2007年）、康澄（2008年）、燕海鸣（2009年）、陶东风（2010年）、王建（2012年）、赵静蓉（2015年）、李昕（2019年）、王晓宇（2020年）、余红兵（2020年）、于雷（2021年）等[②]学者先后发表了多篇论文，

---

① 例如，2006年4月26日，北京外国语大学外国文学研究所主办了主题为“文学空间和文化记忆”的学术研讨会；2007年10月，北京外国语大学《外国文学》编辑部和解放军外国语学院联合举办了主题为“历史·记忆·文学”的学术研讨会；2009年12月，暨南大学国家211重点工程“比较文艺学与海外华文文学”项目举办了主题为“文学与记忆”的学术研讨会；2013年11月，中央民族大学文学与新闻传播学院举办了主题为“中国民间文学与民族历史记忆”的学术研讨会。

② 详见黄晓晨：《文化记忆》，《国外理论动态》2006年第6期，第61-62页；王霄冰：《文化记忆、传统创新与节日遗产保护》，《中国人民大学学报》2007年第1期，第41-48页；唐少杰：《从文化记忆到记忆文化》，《河北学刊》2007年第2期，第41-44+46页；康澄：《象征与文化记忆》，《外国文学》2008年第1期，第54-61+127页；燕海鸣：《集体记忆与文化记忆》，《中国图书评论》2009年第3期，第10-14页；陶东风：《记忆是一种文化建构——哈布瓦赫〈论集体记忆〉》，《中国图书评论》2010年第9期，第69-74页；王建：《从文化记忆理论谈起——试析文论的传播与移植》，《学习与探索》2012年第11期，第130-134页；赵静蓉：《创伤记忆：心理事实与文化表征》，《文艺理论研究》2015年第2期，第110-119页；李昕：《从文化记忆到人类记忆共同体——论意义生产中的道德固守》，《学术研究》2019年第1期，第170-176+178页；王晓宇：《灵魂与记忆——普拉东诺夫与艾特玛托夫小说中的中亚书写》，《外国文学研究》2020年第5期，第166-176页；余红兵：《文化记忆的符号机制深论》，《外国文学》2020年第3期，第173-181页；于雷：《谁是“无头骑士”？——〈睡谷传奇〉中的文化记忆建构》，《外国文学》2021年第2期，第121-133页。

探讨了集体记忆/文化记忆的内涵、研究领域、发展演变、文化记忆与文字、文化记忆与象征、文化记忆与符号叙事、文化记忆与人类记忆共同体等重要问题。目前，国内在文化记忆方面取得突出成就的首推冯亚琳教授。她在《文化记忆理论读本》(2012年)和《德语文学中的文化记忆和民族价值观》(2013年)这两部著作中全面、系统地评介了当代西方的文化记忆理论，并结合德语文学进行了个案分析，在国内这一领域做出了开拓性的贡献。不难看出，正是由于记忆研究的这种“文化转向”，文化记忆研究在国内外学界才日益发展为一门具有跨学科特征的显学。

文化记忆使得对记忆的研究从长久以来的生物学视角转换到社会文化的阐释框架之下。以文字、仪式和纪念碑等文化形式作为主要媒介的文化记忆不仅有助于“身份的凝结”(即与集体的关系)，而且具有“重构的能力”(即将有关的知识总是和实际的和当代的情况相联系)，而后者正是文化记忆和文学书写相结合的契合点。

第三节 文化记忆与文学书写

文化记忆和文学书写原本属于不同的学科领域和学术话语，但文学和记忆两者之间无疑存在诸多重合和交会之处。近年来，有关“文学与记忆”二者关系的学术讨论方兴未艾、蔚为壮观。正如埃尔、安斯加·纽宁(Ansgar Nünning)所指出的，“文学与回忆或者说记忆（个体以及集体）之间的相互联系已经成为了目前最热门的文化课题之一”（转引自冯亚琳、埃尔 209）。概括地说，文学不仅是集体记忆（文化记忆）的一种媒介（文字媒介），而且也参与了集体记忆（文化记忆）的建构，或者说文学也是文化记忆的重要组成部分。

事实上，关于文学与记忆之间的姻亲关系，不少学者都有过非常精彩的论述。例如，埃尔指出，文学与记忆之间存在三个交会点：密集性、叙述性、体裁模式（转引自冯亚琳等 73）。当代文学评论家洪治纲认为“从某种意义上说，文学既是人类记忆的产物，也是人类记忆的组成部分”（转引自余华等 138）。冯亚琳等指出“文学可以是文化记忆的媒介，但同时也可能是文化记忆的对象”（356）。可以说，文化记忆与文学之间存在天然的共振。具体而言，文化记忆与文学书写的特殊关系主要体现在重构性、虚构性和当下性三个方面。

文学书写与文化记忆都是对过去经验的重构。在绝大多数情况下，历史的现场是无法重返的，文化记忆是通过文化形式（如文字、礼仪、博物馆等）对过去经验进行选择和重构。文学记忆涉及两种不同的记忆：生物性记忆和象征性记忆。后者指的是社会群体通过媒介、机构和实践建构的一个“共同的过去”（shared past）。不难看出，重构性正是这种象征性文化记忆的重要属性，突出地表现在内容的选择和视角的确定。正因为如此，所以扬·阿斯曼指出，“对于文化记忆来说，重要的不是有据可查的历史，而只是被回忆的历史”（46）。

历史（过去的经验）与文学都力求真实，但历史的要求是事实上真实，而文学的生命力在于艺术上的真实。文学书写总是基于现有的知识、资源，并依赖于作家的想象对过去的经验进行再现。2008 年，法国作家让-马里·古斯塔夫·勒·克莱奇奥（Jean-Marie Gustave Le Clézio）在领取诺贝尔文学奖时曾说过："那么，为什么写作？一段时间以来，作家已经再也没有了自负，不会相信他还能改变世界，还能以自己的短篇小说和长篇小说去催生一种更美好的生活。他只想成为一个简单的见证（to bear witness）。"[①]这里的"见证"也应理解为一种隐喻意义上的，但无可否认文学书写的确是以自己的方式参与过去经验的重构。只不过，正如王德威指出的，文学"重写的意义不是再还原真相，而是写出真相的种种拟态"（10）。文学书写与文化记忆当中都包含虚构的成分。也就是说，个人记忆是通过语言的叙述和重复得以形成和巩固的，这中间受到了回忆视角的选取、个人记忆是否被社会认可等各种因素的影响和制约。文化记忆是基于个人记忆又超越个人记忆的"集体中具体的生活方式"。因此，文化记忆既有其真实、准确、可靠的一面，也存在不真实、失误、虚构的一面。而在西方文化传统中，自 19 世纪起"文学"就是被当作一种"想象"的虚构性书写，而不是此前一直认为的"书本知识"（Culler 22）。虽然有些情况下文学书写也声称真实和可靠，如自传、历史小说等，但虚构和想象乃是文学与非文学相区别的典型特征，也是其重要优势。承认文化记忆和文学书写当中都包含虚构的成分，不是要否定文学书写和文化记忆的社会价值，而是强调它们相互之间存在的可通约性。

① Jean-Marie Gustave Le Clézio, Nobel Speech. December 7, 2008. <https://www.nobelprize.org/nobel_prizes/literature/laureates/2008/clezio-lecture_en.html> Accessed March 30, 2018.

文学书写与文化记忆都注重将过去与当下的现实相联系。在强调记忆的社会文化语境的哈布瓦赫看来，过去“不是被保留下来的，而是在现在的基础上被重新建构的”（Halbwachs 40）。正是因为注意到文化记忆与当下的关联，德国学者埃尔将文化记忆初步界定为“现在与过去在社会文化语境中的相互作用”（Erll & Nünning 2）。虽然文化记忆是关乎过去的经验，但他们都将“现在”的社会文化语境和现实需要放在一个突出的重要地位，强调过去与现在的“相互作用”。意大利哲学家贝奈戴托·克罗齐（Benedetto Croce）在《历史学的理论和实际》（*Teoria e Storia della Storiografia*, 1920）一书中提出的那个著名命题“一切真历史都是当代史”中也包含了这种认识。

重构性、虚构性、当下性这三者构成了文化记忆与文学书写之间的重要联结，使得它们之间形成天然的共振。因此，有选择地借鉴文化记忆理论，并将之运用到文学批评实践之中，从而在此基础上构建一个新的文学批评范式，不仅是可能的，也是符合文学理论发展的内在逻辑。

第四节　走向一种跨学科、跨文化的文化记忆批评

1948 年，雷内·韦勒克（René Wellek）和奥斯汀·沃伦（Austin Warren）合著了《文学理论》（*Theory of Literature*）

一书，将欧洲研究传统带入美国文学理论学界，强调文学的“内部研究”（intrinsic study），在文学理论的发展史上具有里程碑式的意义。不难看出，文学理论在20世纪经历了众声喧哗的繁荣阶段后落入四面楚歌、后继无人的衰败境遇。在理论热消退之后的语境之下，冷静的反思成为可能，也尤为必要。反观文学理论的兴衰变迁，其中重要的一个启示就是在大多数情况下，某种批评理论有其尤为适用的现实问题和文本对象。也就是说，基本上不存在对所有问题和文本都具有同等阐释效力的文学理论。文学理论的普遍适用性应该是一个相对的命题。社会的现实问题原本错综复杂，涉及众多不同的学科领域，反映这些现实问题的文学文本又千姿百态，且存在民族和文化的显著差异，这就要求批评理论必须具有跨学科和跨文化的特性。在全球化不断发展的今天，这一点表现得尤为突出，例如不少文学作品用不同的语言和封面几乎在全球同时出版。

而文化记忆理论从本质上说就是跨学科和跨文化的。埃尔曾写道：“在过去的20年中，文化与记忆之间的关系已经在世界很多地方都成为跨学科研究中的核心问题，涉及历史学、社会学、艺术、文学和媒介研究、哲学、神学、心理学以及神经科学等众多不同的领域，因此以一种独特的方式将人文学科、社会科学和自然科学汇集在一起。”（Erll & Nünning 1）应该说，20世纪产生的不少批评理论也具有跨学科的特征，如心理分析理论、结构主义、解构主义、文化研究等，但文化记忆理论的跨学科特征无疑更为突出和显著。

全球化时代要求关注人和人的精神生活的文学理论也要走向交往和对话，跨文化是批评理论适应新的时代背景的基本途径。文化记忆是人类社会普遍存在并颇受重视的现象和机制。首先，文化记忆的跨文化特性体现在其研究者的背景上。文化记忆（或集体记忆）最早由法国学者开创，后来在德国学者的努力下催生了所谓的“新记忆研究”，同时英国、美国、中国的学者也在文化记忆领域从事了不少开拓性的研究。其次，文化记忆理论的跨文化性还表现在其研究的对象上。从以色列的“大屠杀文学”到南非的“种族隔离博物馆”，从中国的“寻根文学”到美国的“奴隶叙事”，这些都是通过文化记忆理论可以得到充分阐释的重要问题。因此，跨文化不仅是文化记忆研究对象自身的特征，也是全球化语境下人文学科研究的基本要求。

正如上文所指出的，一种批评理论有其尤为适用的社会问题和文学文本，文学记忆理论最适用于那些引发集体记忆的重大历史事件及由此催生出来的有鲜明现实指向的文学作品。除上文列举的之外，一战、二战、冷战、越南战争、“9·11”事件、伊拉克战争、“南京大屠杀”等等都属于这一类。

作为一种新的文学批评范式，文化记忆批评并非以后来者的姿态试图取代之前的批评流派和理论。事实上，文化记忆在凸显文学作为文化记忆媒介的同时，也参与了民族文化记忆的重构。在实际运用中，文化记忆理论与之前的不少批评理论都存在交叉和重叠之处。例如，文化记忆理论也会涉及性别、种族、阶级等问题，因此它与女性主义、后殖民主义、马克思主义等都存在汇合。但毫无疑问，它关注的角度是个体的遭遇如何形成集体记忆，如何通过文学文本对群体甚至是民族的文化记忆进行重构。

人类历史迈入 21 世纪后，冷战对峙早已结束，越南战争记忆也渐行渐远，很多二战、“犹太大屠杀”、“南京大屠杀”等重大事件的亲历者都已悄然离世。一方面，历史现场见证人的缺席将导致记忆的媒介从口头的讲述变成文本的叙说。因此，说记忆在今天比以往任何时候都更为重要似乎毫不夸张，当下各种带有抢救史料性质的口述史的广泛开展就是明证。另一方面，随着全球化的日益深入，外来强势文化对第三世界国家的民族文化的影响也随之明显。广大第三世界国家在努力融入国际主流秩序和经济生活的过程中，自身民族文化特性的弱化甚至丧失是其不可避免的代价。而在此背景下，民族文化记忆的维护和增强就显得尤为重要。在这种历史和文化双重危机的背景下，人文学科必须面对民族文化记忆如何保留和重构这一重大问题。

文学理论在经历了 20 世纪的兴衰更迭之后，近二三十年来陷入了沉寂的低谷期。借用文化记忆理论中的有关理论，并结合全球化社会语境和文学理论发展现状而构建出来的文化记忆批评就是振兴文学理论的此类尝试。文化记忆批评及其适用的研究对象、独特的研究方法和理论话语，以及其跨学科和跨文化特性，不仅能为当下的文学研究引入一个全新的阐释视角，而且还对文学参与民族文化记忆的建构和再造提供了重要的学术支撑。

纵观中外文学史，记忆一直都是文学书写中的重要主题之一。众所周知，历史上的重大政治事件往往能对历史的进程和个体的命运造成重要影响，产生深刻而久远的集体记忆。文学既可以成为这些记忆储存的载体或传播的媒介，也可以参与这些记忆的形成和建构。当代美国著名作家德里罗在他的小说世界里展现了对历史和政治的格外关注，其不少作品都是直接以背景恢宏的历史事件为题材的。德里罗的这类小说在某种意义上已成为战后美国社会的记忆场，从文化记忆的角度可以更好地发掘其作品如何参与了战后美国的记忆重构。在接下来的章节里，笔者将从文化记忆批评的视角，对德里罗的《天秤星座》《地下世界》《坠落的人》《天使埃斯梅拉达：九个故事》4部小说作品分别进行细致的解读和分析，考察文学如何通过重返历史事件参与战后美国文化记忆的建构。

第三章

《天秤星座》：肯尼迪遇刺与“反官方”记忆

1963 年 11 月 22 日，肯尼迪总统在得克萨斯州的达拉斯遇刺。肯尼迪总统遇刺是对德里罗的文学生涯产生重要影响的历史事件。《天秤星座》是德里罗直接以这个突如其来的事件为题材所创作的一部典型的编史性元小说。一方面，小说以历史上真实可考的人物和事件融入故事、构筑情节，对一个铭刻在美国民众集体记忆当中的历史创伤进行重写和再现；另一方面，作品又以其明显的“自我指涉”性揭示出小说和历史书写的虚构本质，模糊了历史与小说之间的界限。在肯尼迪遇刺之后催生出的种种“阴谋论”和猜测中，《天秤星座》以后现代的文学书写打破了官方叙事的权威，揭示了美国政府在现实政治生活中掩盖真相的图谋。本章将讨论肯尼迪遇刺在美国历史上留下的创伤，以及德里罗的小说《天秤星座》如何通过其独特的情节安排和叙事策略，揭示美国政府在现实政治生活中掩盖真相的图谋，激发起美国民众对这个历史事件和整个 20 世纪 60 年代的文化记忆进行反思和重构。

第一节　历史创伤："摧垮美国世纪的七秒钟"

20 世纪 60 年代是美国历史上的多事之秋。一方面，在国际上，美苏为争夺势力范围公开对抗，冷战气氛日趋紧张；另一方面，美国国内的政治动乱也层出不穷，抗议之声一浪高过一浪。1963 年 11 月肯尼迪总统在达拉斯遇刺，1968 年 4 月民权运动领袖马丁·路德·金（Martin Luther King，Jr.）在孟菲斯被杀，同年 6 月参议员罗伯特·F. 肯尼迪（Robert F. Kennedy）在洛杉矶惨遭谋害，这一系列谋杀加之风起云涌的各种政治运动（包括新左派学生运动、民权运动、女权运动、反战游行等等）使得美国彻底告别了相对平静的发展时期。可以说，20 世纪 60 年代是美国政治上最动荡、最激愤的时期。而在所有这些动乱当中，肯尼迪遇刺无疑是整个 60 年代最具历史意义、影响最为深远的标志性事件。

肯尼迪总统遇刺事件似乎应验了"肯尼迪家族的诅咒"[①]，但更为重要的是它导致了整整一代人信仰的破灭。对此，劳伦·斯宾塞（Lauren Spencer）在《肯尼迪遇刺》（*The Assassination of John F. Kennedy*，2002）一书中曾不无深刻地写道："对于很多美国人而言，这次枪杀造成了一场信仰危机，他们对肯尼迪所代表的那种神话般的美国信念受到了挑战。"

---

① 肯尼迪家族多次遭受暗杀或不幸，而且像命中注定一样，因此有所谓"肯尼迪家族的诅咒"的说法。有一本书的书名就叫《肯尼迪诅咒》（*The Kennedy Curse*，2004）。

（7）当代美国著名后现代主义小说家德里罗在其小说《天秤星座》中更生动地将肯尼迪总统遇刺称为“摧垮美国世纪的七秒钟”（DeLillo，*Libra* 115）。的确，美国民众在年轻的肯尼迪当选总统后曾对国家的未来充满信心，对其开拓“新边疆”满怀希望。这个沉痛的打击几乎让所有的人都始料未及，他们的乐观精神顷刻间荡然无存。在悲痛和愤怒中逐渐平静下来的人们异常坚决，要求政府调查事件背后的真相。此后，围绕肯尼迪遇刺之谜而产生的各种叙事作品层出不穷、浩如烟海。政府部门、历史学家、独立调查者、新闻媒体、小说家等都对这个事件进行了探究，肯尼迪遇刺成为“美国历史上被书写得最多的事件”（Kennedy 377）。虽然时间已为我们拉开心理上的距离，但当人们再次回想起迪利广场上的枪声时，仍会感到一种“无法言说”的伤痛。如果说稍后的越南战争给美国参战士兵造成了挥之不去的心理创伤，那么肯尼迪遇刺则给更为广大的美国民众留下了至今尚未治愈的“历史创伤”（historical trauma）。

从理论上对“创伤”（trauma）做出系统阐述的最早可以追溯至法国的心理学家皮埃尔·让内（Pierre Janet）和奥地利的精神病医生、心理学家弗洛伊德。当然，以他们为代表的早期研究者对创伤的探究均是从心理分析学的角度展开的。自 20 世纪 80 年代以来，创伤理论从对越南战争老兵“创伤后应激障碍”（Post-Traumatic Stress Disorder，PTSD）的研究而引发了人们更加广泛的兴趣，并由此进入了一个跨学科研究的新阶段。很多来自不同学科领域的学者，如朱迪斯·刘易斯·赫尔曼（Judith Lewis Herman）、凯西·卡鲁斯（Cathy Caruth）、卡罗琳·加兰（Caroline Garland）、肖珊娜·费尔曼

（Shoshana Felman）、多丽丝·劳伯（Doris Laub）、凯思琳·劳拉·麦克阿瑟（Kathleen Laura MacArthur）、露丝·雷斯（Ruth Leys）等等，从心理分析、精神病学、社会学、教育学、女性主义、电影、政治学、文学批评等等不同的角度对创伤进行了深入研究。其中尤为值得一提的是凯西·卡鲁斯，她成功地将创伤理论用于文学批评，在批评界产生了较大的影响。卡鲁斯主编了一本广获学术界好评的论文集《创伤——探索记忆》（*Trauma: Explorations in Memory*，1995），紧接着她又出版了一部研究创伤书写的专著《沉默的经验：创伤、叙事和历史》（*Unclaimed Experience: Trauma, Narrative, and History*，1996）。在凯西·卡鲁斯看来，文学作品为创伤经历打开了一扇言说的窗户，因为文学可以教会读者怎样去倾听那些只能通过非直接的、非常规的方式讲述出来的经历。例如，曾亲身经历过二战期间联军在德莱斯顿大轰炸的当代美国著名作家库尔特·冯内古特，在其1969年出版的反战科幻小说《第五屠场》（*Slaughterhouse Five*）中写道：

> 书不长，杂乱无章，胡言乱语，山姆，因为关于一场大屠杀没有什么顺乎理智的话可说。可以说每个人都已经死了，永远不再说任何话，不再需要任何东西。大屠杀之后一切趋于无声，永久沉默，只有鸟儿还在啼叫。那么鸟儿在说些什么呢？关于大屠杀所有能说的也只有“叽——啁——叽”。（Vonnegut 15-16）

这里的“沉默”和“鸟叫”揭示了历史创伤给个体心理

所带来的严重后果。面对肯尼迪总统遇刺这种无法言说又不得不说的重大政治事件，面对关于这个事件与日俱增的种种理论和假说，小说家们几近患上“失语症”（aphasia）。他们不得不另辟蹊径，艰难地将迪利广场上渐行渐远的枪声再次带回到公众的意识之中。德里罗的《天秤星座》正是这样的一部力作。

第二节 编史性元小说：历史氛围与自我指涉的悖论

作为一名严肃的作家和社会批评家，德里罗一向关注美国的历史、政治和文化危机。他在小说中一再对美国历史上的重大事件进行反思和重新审视。《天秤星座》出版于 1988 年，是德里罗发表的第九部小说。《天秤星座》出版时正值肯尼迪 1963 年在达拉斯遇刺 25 周年。小说一经发表便获得了评论界的高度赞扬，荣获爱尔兰时报国际小说奖，并获得美国国家图书奖提名。让作家感到意外的是，这部小说还深受普通读者的欢迎，曾数周位居畅销书榜首。此前，虽然德里罗在美国主流学术界享有崇高声誉，但他的读者基本是那“一小群固定的推崇者”。究其原因，可能是德里罗的小说比较晦涩，而且经常写有关恐怖、追杀等人们一般不愿面对的题材，因此普通读者很少问津。《天秤星座》是德里罗第一部登上畅销书榜的小说，并入选“每月一书俱乐部”，这一现象本身证明了这部小说具有某种独特的价值。然而，这不是一部传统的历史小说，而是一部典型的后现代文本，或者更准确地说，是一部“编史性元小说”。

“编史性元小说”这个名称是由著名文论家、加拿大多伦多大学教授琳达·哈钦（Linda Hutcheon）在《后现代主义的诗学：历史·理论·小说》（*A Poetics of Postmodernism: History, Theory, Fiction*，1988）一书中提出的，在后现代主义文学批评中产生了广泛的影响。用哈钦的话来说，“编史性元小说”是指“那些闻名遐迩且深受读者喜爱的小说，它们既具有强烈的自我指涉性（self-reflexivity），又悖论般地植根于历史事件和人物之中”（Hutcheon 5）。加夫列尔·加西亚·马尔克斯（Gabriel García Márquez）的《百年孤独》（*One Hundred Years of Solitude*）、安伯托·艾柯（Umberto Eco）的《玫瑰之名》（*The Name of the Rose*）、约翰·罗伯特·福尔斯（John Robert Fowles）的《法国中尉的女人》（*The French Lieutenant's Women*）、E. L. 多克特罗（E. L. Doctorow）的《但以理书》（*The Book of Daniel*）、罗伯特·库弗（Robert Coover）的《火刑示众》（又译《公众的怒火》）（*The Public Burning*）、萨尔曼·拉什迪的《午夜的孩子》（*Midnight's Children*）、《耻辱》（*Shame*）等这些为我国读者所熟悉的文学作品都被哈钦视为“编史性元小说”。不难发现，在这类后现代小说中存在着一个巨大的悖论：一方面，小说将历史上真实可考的事件和人物融入故事、构筑情节，营造出一种强烈的历史感；另一方面，这些作品又具有元小说的自我指涉特征，在叙述中揭示小说的写作过程及其虚构本质。

其实，这类特殊的小说也曾引起其他批评家的注意。例如，亚兰·怀尔德（Alan Wilde）在其《中间地带：当代美国小说研究》（*Middle Grounds: Studies in Contemporary American Fiction*，1987）一书中就把这种使用后现代主义的技巧但试图指向或再现现实的小说称为“中间小说”（midfiction）。怀尔德认为这种小说占据着“现实主义”和“元小说”这两种极端之间的“中间地带”。然而，“中间小说”这个称谓尽管非常形象也很方便，但表述不够准确，略显模糊不清。哈钦的“编史性元小说”这一名称则清楚地将这类小说的特征交代得非常清楚，既植根于历史、营造出历史感，又具有元小说的自我指涉性。显然，哈钦关于“编史性元小说”这一后现代文类的理论框架为我们理解后现代小说提供了一个新的视角，并有助于我们澄清对后现代主义文学的批判力量、美学追求以及政治介入等问题上尚存的误解。

《天秤星座》是一部典型的编史性元小说文本。《剑桥文学指南：唐·德里罗》的主编约翰·杜瓦尔曾一语中的地指出：“德里罗之所以能跻身自 20 世纪 70 年代以来最重要的美国小说家之列，是因为他的小说不断地引发读者从历史的角度进行思考。”（Duvall 2）《天秤星座》触及了美国历史上一个标志性事件，深深地植根于 20 世纪 60 年代的历史语境。首先，这部小说清晰地再现了所有指向 1963 年 11 月 22 日肯尼迪遇刺这一时刻的历史氛围和历史人物，尤其是后来遭到警方指控的凶手李·哈维·奥斯瓦尔德（Lee Harvey Oswald）。这部小说大约有一半的章节是写奥斯瓦尔德的人生经历，可以说是一部关于他的生平传记。从他童年生活的纽约市布朗克斯区到驻日美军基地，从他投奔苏联要求申请加入苏联籍到最后抵达达拉斯市，并在得克萨斯州书库六楼的窗口瞄准到访的肯尼迪总统。

如此详尽的描写给小说赋予了一种文献纪实的色彩。此外，围绕这一事件前前后后的其他历史事件，如1961旨在推翻卡斯特罗古巴政权的猪湾入侵（Bay of Pigs Invasion）、1962年的古巴导弹危机、1963年奥斯瓦尔德试图枪杀极右翼分子爱德文·A. 沃克（Edwin A. Walker）少将等等都也得到了详尽的记述。《天秤星座》是德里罗的第一部直接以美国历史为题材的小说，与早期那些哲理性较强的作品相比，这部小说可以被看作他创作生涯的一个转折点。在问到这部作品与此之前作品的关系时，德里罗特别说道："我认为《天秤星座》和那些作品之间出现了一个转折，因为我希望《天秤星座》具有一定的纪实性。"（Chen 2）

然而，《天秤星座》不是一部传统的历史小说，以现实主义的手法来模仿历史；它也不是一部现代主义历史小说，注重个人意识的表达和"历史的主观化"。《天秤星座》是一部后现代小说，一部典型的编史性元小说。与作品里精心营造的历史感相对的是其中体现出来的明显的"自我指涉性"。

与德里罗此前发表的小说不同，《天秤星座》的叙述结构呈现出彼此交错的多个层次。在一般读者看来，《天秤星座》这部小说在叙述上有两个层次：一个是上文已讲到的奥斯瓦尔德的传记性叙述章节，以地点为标题，从布朗克斯一直到达拉斯；另一个是美国中情局前特工沃尔特·艾弗雷特（Walter Everett）及其团队为制造再次入侵古巴的借口而密谋刺杀肯尼迪的叙述章节，叙述是以时间为标题，从1963年4月17日（猪湾入侵两周年纪念日）一直到1963年11月22日（肯尼迪遇刺日）。有研究者指出，"这种空间-时间双轨并行的叙事结构对应的是围绕肯尼迪刺杀案道德两种主流论断”（安帅 29），即唯一杀手论和策划阴谋论。但细读文本不难发现，在这两个层次之上，小说还有第三个层次。这个层次我们可以将其称为“元小说”或“自我指涉”的层次。在《天秤星座》这部小说中，其“自我指涉性”主要体现在尼古拉斯·布兰奇（Nicholas Branch）这个人物的塑造上。

布兰奇是一位从中情局退休的分析家，“与当局签订了合同，正在撰写一部肯尼迪总统遇刺案的秘史”（DeLillo, Libra 15）。在很大程度上，布兰奇这个人物影射了作为小说作者的德里罗。正如批评家杜瓦尔所指出：“尼古拉斯·布兰奇与德里罗的角色正好重合了。”（Duvall 2）的确，布兰奇和德里罗两人身上有太多的共同点，尽管前者是一位职业的历史学家，而后者是一位小说家。他们都必须阅读长达 26 卷的《沃伦报告》（“Report of the President’s Commission on thc Assassination of President Kennedy”①），对这一案件中的主要人物（如奥斯瓦尔德）进行大量、深入的研究，分析其动机和决心。最重要的是，为了写出一部可靠的肯尼迪遇刺秘史，他们都不得不面对与日俱增的文献资料。坐在“被书本塞满的屋子里——文献之屋、各种理论和梦幻之屋”（DeLillo, Libra 14），面对“无穷无尽的暗示可能”（15），布兰奇把自己扔进了一个绝望的深渊，成为德里罗小说中众多“幽闭小屋中的人”（men in small rooms）中的一员。在身心俱疲和绝望之中，布兰奇开始对本

① 因为这个报告的正式名称过长，英文文献中常见的非正式名称是“The Warren Report”，所以笔者译为《沃伦报告》。厄尔·沃伦（Earl Warren）是肯尼迪遇刺时美国最高法院的首席大法官，后被林登·B. 约翰逊（Lyndon B. Johnson）总统任命为调查肯尼迪总统被暗杀案件的总统特别委员会的主席。

来要加以批驳的《沃伦报告》产生了崇拜之情。他诙谐地将《沃伦报告》称为“詹姆斯·乔伊斯写的百万级小说，如果他搬到艾奥瓦市来住并活到100岁的话”[①]（DeLillo，*Libra* 181）。

需要指出的是，布兰奇的这种梦魇般的遭遇也是德里罗在写作《天秤星座》过程中所经历的困境。为了写这本小说，德里罗不仅重走了奥斯瓦尔德在美国的主要路线，去达拉斯、佛罗里达考察，研读26卷本的《沃伦报告》，而且还要对那些层出不穷的“新论”加以甄别和鉴别，其难度可想而知。在小说出版之前，德里罗曾在《滚石》（*Rolling Stone*）杂志上发表过一篇关于肯尼迪遇刺的文章，题为《美国之血：穿过达拉斯和肯尼迪迷宫的旅程》（“American Blood: A Journey Through the Labyrinth of Dallas and JFK”）。他写道：“达拉斯迷宫中的每一个细节和情形都不仅可供多种解释，而且似乎把人们引向更加精细的辞藻。”（DeLillo，*AB* 28）不难看出，布兰奇的绝望之情亦是德里罗在写作过程中的真实遭遇。从作为历史学家的布兰奇和作为小说家的德里罗所遭受的相似经历，我们可以窥视这部作品中“作为小说的历史、作为历史的小说”之间的悖论[②]。

法国哲学家让-弗朗索瓦·利奥塔（Jean-François Lyotard）

---

① 乔伊斯是爱尔兰著名作家，一辈子旅居在欧洲的巴黎、苏黎世等大都市，59岁去世。这里，德里罗小说中的人物是假设乔伊斯如果搬到艾奥瓦来生活并活到100岁的话，一定能写出比《尤利西斯》更宏伟的著作。

② 这是美国著名作家诺曼·梅勒（Norman Mailer）的著名非虚构小说《夜幕下的大军》（*The Armies of the Night*，1968）的副标题（History as a Novel, the Novel as History）。梅勒也曾以奥斯瓦尔德为主角写过一本纪实性的作品《奥斯瓦尔德的故事：一个美国人的奥秘》（*Oswald's Tale: An American Mystery*. New York: Random House, 1995）。

在《后现代状况：关于知识的报告》（*The Postmodern Condition: A Report on Knowledge*）中，将后现代状况总结为“对元叙事的质疑”（24）。对于像肯尼迪遇刺这样一件至今被种种迷雾笼罩的历史事件，要想从那些杂乱的碎片中构建一个脉络清晰、完全可靠的叙事毫无疑问是困难的，甚至可以说是不可能的。时至今日，肯尼迪遇刺一案中的那些最基本的问题，如狙击手到底射了多少枪、肯尼迪身上受了多少颗子弹、伤口的大小和尺寸，以及凶手的确切数目等，都仍然存有争议。所以，《天秤星座》没有按照传统和现代主义的历史小说那样去重返历史，而是采取后现代的态度，竭力展现其中既营造历史感又具有自我指涉性的叙事悖论，而这正是编史性元小说独特之处。

第三节 《天秤星座》中的反官方叙事

在肯尼迪遇刺后，警方指控的凶手李·哈维·奥斯瓦尔德迅速被捕，并于肯尼迪遇刺两天后被达拉斯的一个夜总会老板杰克·鲁比（Jack Ruby）混入记者群中开枪打死。肯尼迪的继任者林登·贝恩斯·约翰逊（Lyndon Baines Johnson）总统任命以最高法院首席大法官厄尔·沃伦（Earl Warren）为首的委员会迅速展开调查，历时10个月，最终出版的报告长达888页，并附有长达26卷的证词、图片和其他材料[①]。《沃伦报告》的主要结论可以简要归纳为以下几点：①打死肯尼

① 这份长达888页的《沃伦报告》于1964年9月24日提交给林登·约翰逊总统，三日后，也就是1964年9月27日正式面向公众出版。

迪总统和打伤约翰·康纳利（John Connally）州长的子弹是由奥斯瓦尔德射出的（President's Commission on the Assassination 19）；②没有证据证明奥斯瓦尔德或者杰克·鲁比属于任何一个美国国内或国外刺杀肯尼迪的阴谋中的一员（21）；③基于以上证据，调查委员会得出结论——奥斯瓦尔德是单独行动的个人行为（22）。一言以蔽之，沃伦委员会相信“唯一凶手论”（the single assassin theory）。

在沃伦委员会调查之后，还有多个组织和机构对肯尼迪遇刺进行过调查[①]，从1964年开始关于肯尼迪遇刺一案的非虚构或虚构作品不断问世，且层出不穷[②]。早在1977年，

---

① 例如 Clark Panel(1968)、Rockefeller Commission (1975)、Pike Committee (1975)、Edwards and Abzug House Subcommittees (1975)、Church Committee (1977)、House Select Committee on Assassinations (1978)、Pamsey Panel (1982)、Assassination Records Review Board (1998) 等等。

② 例如：Edward J. Esptein. *Inquest: The Warren Commission and the Establishment of Truth* (New York: Viking, 1966); William Manchester. *The Death of a President: November 20-November 25, 1969* (New York: Harper & Row, 1967); Anthony Summers. *Conspiracy* (New York: McGraw-Hill, 1980); David S. Lifeton. *Best Evidence: Disguise and Deception in the Assassination of John F. Kennedy* (New York: Macmillan, 1980); David W. Belin. *Final Disclosure: The Full Truth About the Assassination of President Kennedy* (New York: Scribner, 1988); Jim Marrs. *Crossfire: The Plot That Killed Kennedy* (New York: Carroll & Graf Publishers, 1989); Paul R. Henggeler. *In His Steps: Lyndon Johnson and the Kennedy Mystique* (Chicago: Ivan R Dee, 1991); Stewart Galanor. *Cover-Up* (New York: Kestrel Books, 1998); Gerald Posner. *Case Closed: Lee Harvey Oswald and the Assassination of JFK* (New York: Knopf Doubleday, 2003); Vincent Bugliosi. *Four Days in November: The Assassination of President John F. Kennedy* (New York: Norton, 2008); David Kaiser. *The Road to Dallas: The Assassination of John F. Kennedy* (Cambridge, Mass.: Belknap Press of Harvard University Press, 2008); Lamar Waldron. *Legacy of Secrecy: The Long Shadow of the JFK Assassination* (Berkeley, CA: Counterpoint, 2009); 等等。

麦克斯·霍兰德（Max Holland）就写道：“自1964年以来，有450多本关于肯尼迪遇刺的书籍出版，使得它成为美国历史上被书写得最多的事件之一。”（Holland 377）1991年，奥利弗·斯通（Oliver Stone）执导的电影《刺杀肯尼迪》（*JFK*）获得8项奥斯卡奖提名，并最终获得最佳摄影和最佳剪辑奖。这部电影客观上将肯尼迪遇刺一案推向了更加广阔的公众视线。尽管如此，《沃伦报告》至今仍是受众最广、影响最大的报告，代表着官方宣告的“客观真相”。事实上，支持《沃伦报告》的声音从来就没有间断过。美国前总统杰拉尔德·鲁道夫·福特（Gerald Rudolph Ford）曾是沃伦委员会的成员，他在《肯尼迪总统：沃伦委员会关于刺杀的报告》（*President John F. Kennedy: Assassination Report of the Warren Commission*, 2004）一书写道：“我们仍是标尺……我们的报告里存在一些问题，但那主要是因为现在已知的证据在当时并没有由各个机构提供……然而，迄今所揭示的一切，无论此前有没有被封存，都不会改变我们的结论。”（15-16）

然而，人们发现这份由总统任命、拥有至高权力的沃伦委员会所得出来的结论中存在诸多难以自圆其说、耐人寻味的地方。虽然，当时大多数人接受了报告的结论——刺杀肯尼迪总统是奥斯瓦尔德一人的“独自”行动，背后不存在任何阴谋。但是，在风波和震荡平息过后，越来越多的人们从《沃伦报告》中发现重重疑团。很多独立调查者私下执着地展开长期的调查和研究。随后，各种理论层出不穷，各种猜想应有尽有。近半个世纪以来，从政治学和历史学角度来探究和分析肯尼迪遇刺案的著作不计其数、汗牛充栋。正如劳伦·斯宾塞所说，“肯尼迪遇刺案也许是美国历史上被研究得最多的事件之一”（Spencer 5）。

值得注意的是，在《天秤星座》里，德里罗没有按照“官方事实”来写肯尼迪遇刺，而是否定了《沃伦报告》里的官方结论，揭示了另一个可能存在的事实：肯尼迪并非被奥斯瓦尔德一人所杀，而是被一个由中情局和古巴反叛分子组成的阴谋团体所害。不仅如此，美国政府，甚至约翰逊总统本人，在调查展开时也对整个事件极力掩盖。

《沃伦报告》宣称刺杀肯尼迪是奥斯瓦尔德的个人行为，背后不存在任何国内或国外的刺杀阴谋，而《天秤星座》却将肯尼迪之死归结为被中情局和古巴阴谋团体所害，警方所控告的奥斯瓦尔德只不过是被人所利用。在肯尼迪的车队经过迪利广场上的埃尔姆大街（Elm Street）时，朝肯尼迪开枪的除了在得克萨斯教科书仓库大楼六楼窗口的奥斯瓦尔德外，还有在汽车前方草地上的反卡斯特罗分子雷蒙·贝尼特斯（Raymond Benitez，Raymo）。更为重要的是，是后者打出的子弹从正前方给了肯尼迪致命一击。两个不同的狙击手同时开枪，尽管他们不一定知道彼此的存在，但是这一事实已经揭示了刺杀阴谋的存在。毋庸置疑，奥斯瓦尔德和杰克·鲁比都与这个阴谋有关。

对此，《天秤星座》里给出的解释是中情局特工沃尔特·艾弗雷特长期沉溺于“未竟的入侵古巴事业”，并为中情局给自己安排“半退休”状态的工作——到得克萨斯女子大学任教——感到耻辱，因此决心组织一个小团伙为重新入侵古巴制造一个借口。几经盘算，在得知肯尼迪要到达拉斯访问时，他们一致认为如果不能把枪口对准卡斯特罗，那就不妨把枪口对准肯尼迪。当然，他们肯定不会真的枪杀肯尼迪，他们需要做的是将枪打偏。“我们不打到总统。我们将枪打偏。我们需要一个无比壮观的失误。”（DeLillo，*Libra* 51）一向对共产主义抱有热情并在苏联生活过两年的奥斯瓦尔德进入了他们的视线，即将被他们所利用。但出乎这次秘密活动的组织者艾弗雷特意料之外的是，他的同谋并未将要“打偏”一事告知充当真正狙击手的反卡斯特罗分子。于是肯尼迪就这样死在了中情局特工旨在为再次入侵古巴制造借口的密谋之中。显然，德里罗没有按照“官方叙事”来迎合权威，而是选择了否定官方叙事，提供另一种可能存在的真相。

第四节 从肯尼迪遇刺到伊朗军售丑闻：真相掩盖与记忆重构

从个人层面来讲，发生在 1963 年 11 月 22 日的肯尼迪遇刺对德里罗的影响是十分深远的。他在一次访谈中曾说：“也许它创造了我。事件发生时，我还不是一个成熟的作家，只是在一些不知名的季刊上发表了几篇短篇小说。……因此，如果不是因为这个刺杀事件，我很可能无法成为现在的我。”（DeCurtis 56）他在另一个场合中进一步说道：“如果没有发生肯尼迪遇刺这件事，我想我是无法写出那些书的。我认为我的作品中有些阴暗的一面是直接来源于达拉斯那个瞬间产生的惶惑、精神上的混乱以及世事无常的感觉。很可能是那件事让我成为了现在的我——无论是好还是坏。”（转引自

Passaro 77-78）在着手创作《天秤星座》之前，德里罗曾在那篇题为《美国之血：穿过达拉斯和肯尼迪迷宫的旅程》的文章中指出，这个事件阐明的不是阴谋，也不是如此繁杂的人和事，而是大多数美国民众都怀有的那种紧密的现实感被打破，由此进入一个模糊、混乱的世界（DeLillo，*AB* 32）。从美国历史上来看，1963 年的肯尼迪遇刺也是一个转折性的历史事件。它不仅摧毁了人们对于政治的信仰，而且还改变了此后几十年的政治格局。正如《密谋的遗产：肯尼迪遇刺的漫长阴影》（*Legacy of Secrecy: The Long Shadow of the JFK Assassination*，2008）一书的作者所说的："达拉斯的枪声杀死了肯尼迪，也永久地改变了美国，在随后多年的历史上空布下浓浓的阴云。刺杀肯尼迪这一事件不仅引发了追寻凶手的狂热，同时也引发了一系列密谋的行动，以掩盖美国已濒临入侵古巴边缘的这一事实。"（Waldron & Hartman 3）显然，直接以如此重要的标志性历史事件作为创作题材，德里罗并非只是为了增加一个有关该案的"说法"和"理论"，而是有更重要的现实指向。

《天秤星座》写于 20 世纪 80 年代中期，正值里根政府陷入自"水门事件"以来最严重的政治危机——伊朗门事件（Iran-Contra Affair）。在中情局和反叛分子试图推翻尼加拉瓜（Nicaragua）共产党政权的密谋曝光后，总统和政府部门极力掩盖对伊朗军售和资助尼加拉瓜反叛武装分子。这也许就是德里罗在另一部小说中写到的"对历史进行秘密的操控"（DeLillo，*Underworld* 495）。曾有学者指出，后现代主义历史小说"探讨历史发展的其他可能性，具有认识论的合理性，其对于历史事实的故意歪曲蕴含着政治含义"（高继海 9)。由于伊朗军售事件中暴露出来的政治问题（官方竭力掩盖事实真相）与肯尼迪遇刺后的情形高度相似，因此德里罗在《天秤星座》中对《沃伦报告》中官方结论的否定也是间接地对里根政府进行了批判，并激发了公众对历史记忆的反思和重构。

英国著名作家乔治·奥威尔（George Orwell）曾说过，在一个举世充满谎言的时代，讲出真相是一种革命性的行为。英籍印度裔文豪萨尔曼·拉什迪在《想象中的家园》（*Imaginary Homelands*）更加生动地写道：“作家和政客是天然的敌人。他们都试图依照自己的形象来重塑世界；他们为争抢同一领地而战斗。小说是打破官方、政客所宣称的真相的一种手段。”（Rushdie 14）

自 20 世纪 70 年代以来，美国后现代主义小说中显露出了一种新的趋势——我们不妨将其称为“回归历史”。有学者更加明确地指出：“当代叙事文学中最显著的特征之一就是对各种历史叙事兴趣的再次觉醒。”（Engler & Müller 2）历史叙事作品的大量涌现显然不只是作家的个人意识，也有现实客观原因在起作用。经过“沉默”的 20 世纪 50 年代和“喧嚣”的 60 年代，美国社会出现了一股反主流、挑战权威的思潮。德国吉森大学（University of Giessen）的著名英国文学和记忆研究学者波吉特·诺伊曼（Birgit Neumann）曾提出“记忆小说”（fictions of memory）这一概念，并指出“通过让以前噤声（沉默）的这些记忆小说发声，它们构成了一种想象的反记忆（an imaginative counter-memory），从而挑战霸权式的记忆文化，并对社会在回忆和遗忘之间建构起来的边界提出疑问”（339）。

德里罗不断地用后现代的手法对历史事件进行重写，并对官方叙事进行重新审视[①]，体现了一位作家和社会批评家的良知和责任感。德里罗在《天秤星座》中否定官方叙事，并提供了另一种可能存在的真相，参与构建了针对肯尼迪遇刺以及20世纪80年代政治氛围的一种想象的“反官方”记忆。作为一部畅销小说，《天秤星座》成为了我们重拾20世纪60年代的愤怒和喧嚣、对抗遗忘、摆脱官方叙事的束缚、克服官方记忆的狭隘性的一个重要资源。

---

① 德里罗在其2010年出版的小说《欧米伽点》里反映了自己对2003年爆发的美国入侵伊拉克事件的深刻反思。

第四章

《地下世界》: 冷战阴云与妄想狂的历史记忆

在 1951 年 10 月 3 日《纽约时报》的头版上有两条并列的大标题：左边是巨人队打出了一个极具戏剧性的本垒打，最终夺冠；右边是苏联又进行了一次原子弹试验。在某种意义上，眼前的棒球代表着娱乐，遥远的蘑菇云则代表着恐惧，而它们在一起则暗示了美国的后现代生存状态。文学评论界普遍认为《地下世界》是德里罗写得最好的作品。有论者把它看作“一个重要的文学事件，一部主要的当代美国小说，也许是那个 10 年（20 世纪 90 年代）最受关注的作品”（Ruppersburg & Engles 2）。该小说发表后曾获得 1997 年美国国家图书奖提名和 1998 年普利策奖提名，并最终荣获 2000 年威廉·迪恩·豪威尔斯奖章。它曾长期占据畅销书榜，是世界各国读者了解 20 世纪后半叶美国历史的重要文学文本。在《地下世界》这部堪称“冷战史诗”的小说里，德里罗采用了非线性的叙事方式，以棒球、原子弹、核废料等具有典型美国特征的文化要素作为切入口，追溯了从 20 世纪 50 年代初到 90 年代的整个冷战史，再现了冷战时期美苏之间的剑拔弩张和普通民众对可能遭受核打击而产生妄想的历史氛围。

第一节 原子弹、棒球、核废料："未记录"的冷战史

"冷战"（cold war）这个词较早出自英国著名政治小说家乔治·奥威尔[①]于 1945 年 10 月 19 日发表的一篇题为《你和原子弹》（"You and the Atomic Bomb"）的文章。在杜鲁门总统下令向广岛、长崎投下原子弹两个月以后，奥威尔在震惊之余，预测世界上会形成"两三个巨大的超级大国，每个都拥有在几秒钟内毁灭数百万人的武器，他们把世界分成两半"。在这样的核恐怖平衡下，会出现"既不可战胜又与周边国家处于永久的'冷战'状态"的新格局[②]。1947 年 4 月 16 日，美国金融家、总统顾问伯纳德·巴鲁克（Bernard Baruch）在南卡罗来纳州众议院的演讲中使用了"冷战"这个词，来形容当时美国和苏联之间日趋冷淡的关系。这种状态与二战期间它们曾是并肩作战的同盟这一事实形成鲜明对照。他警告在场的听众，"让我们不要受到欺骗——我们今天正处于一

① 乔治·奥威尔（George Orwell），本名 Eric Arthur Blair，代表作有《动物庄园》《一九八四》等。

② George Orwell, "You and the Atomic Bomb," *Tribune*, October 19, 1945.

场冷战当中"[①]。此后，"冷战"一词被广泛用来指代二战结束后美苏这两个意识形态截然不同的超级大国及其盟国在政治、军事、经济、科技、舆论宣传等众多领域展开的对峙和竞争。而从 1949 年苏联原子弹爆炸成功到 1962 年古巴导弹危机的这一时期，堪称冷战期间美苏对抗最紧张的时期。相对于通常意义上的战争，"冷战"虽然没有硝烟和炮火，但对峙的双方仍然剑拔弩张、一触即发。

冷战是决定20世纪后半叶世界格局最重大的政治和军事现实。冷战期间很多重要事件都出现在了小说《地下世界》里，如朝鲜战争、支持者为麦卡锡请愿、古巴导弹危机、苏联发射第一颗人造卫星、越南战争等。但与关于冷战史的历史著作或者教科书不同的是，这些事件在小说中只是一笔带过，作为背景而不是"前景"。《地下世界》真正要表现的是"未记录"的冷战史。在小说中居于中心位置的大概有三条核心线索：①原子弹试验与美苏之间的核武器竞赛；②巨人队鲍比·汤姆森（Bobby Thomson）那个本垒打的棒球的下落；③尼克·谢（Nick Shay）的垃圾处理公司的经营活动与核废料处理。

奥威尔在使用"冷战"一词时是跟原子弹联系在一起的，德里罗的鸿篇巨制《地下世界》也是以苏联进行原子弹爆炸开篇的。众所周知，美国秘密研制原子弹最初的目的是应对德国可能造成的威胁，但纳粹德国在美国原子弹试验之前就投降了。当美国于 1945 年 7 月 16 日在新墨西哥州的沙漠里

① Andrew Glass, "Bernard Baruch Coins Term 'Cold War', April 16, 1947," April 16, 1947. https://www.politico.com/story/2010/04/bernard-baruch-coins-term-cold-war-april-16-1947-035862, June 6, 2018.

成功爆炸世界上第一颗原子弹，尤其是美国随后把原子弹运用于实战时[①]，苏联这个美国战时的同盟就日益感到担忧和不安。二战期间，美国和欧洲盟国非常依赖苏联军力来共同应对德国。但后来有了原子弹，这是人类历史上最具杀伤力的武器之一，因此在对付德国这个问题上，美国对苏联军事帮助的需求便不复存在了。事实上，“原子弹本身加深了苏联和美国之间的不信任”（Gaddis 25）。斯大林认为“广岛震惊了整个世界，平衡被毁灭了……这绝不允许”（26）。随着苏联在研制原子弹方面的追赶，并于1949年8月29日成功地爆炸了第一颗原子弹，美国的核垄断从此被打破，战略优势同时丧失。美国本土随时可能遭受来自苏联的原子弹袭击，这几乎成为了20世纪50年代美国人最大的担忧。

从惯常的角度来看，棒球与原子弹似乎没有任何关联，将二者联系起来不免显得突兀。但在小说中，棒球与原子弹却被赋予了独特的联系。棒球无疑是20世纪美国民众最受欢迎的运动，而纽约同时拥有属于国家联盟（National League）的两支劲旅：纽约巨人队（1958年改名为旧金山巨人队）和布鲁克林道奇队（1958年后改名为洛杉矶道奇队）。这两支球队都曾创造过辉煌的战绩，堪称势均力敌，都颇受球迷喜爱。1951年11月的巨人队对阵道奇队的这场锦标赛无疑受到美国全国的广泛关注，纽约的本地球迷更是强烈希望巨人队能获得冠军。虽然这只不过是场棒球比赛，但依然是互不相让、剑拔弩张，双方的球迷几乎随时会大打出手。在某种意义上，

---

① 美国于1945年8月6日在日本广岛上空投下了原子弹（代号“小男孩”），并于三天后（即8月9日）在长崎上空又投下了原子弹（代号“胖子”）。据统计，两次爆炸直接致使20多万人丧生。

巨人队与道奇队在球场上的比拼与当时美国与苏联在核武器上的竞赛颇有几分类似。

这场比赛最终以巨人队在得分落后的情况下，在第九局打出一个本垒打而戏剧性地获胜而告终。那个被媒体称为“惊世一击”的本垒打，其名称“惊世一击”（The Shot Heard “Round the World”）出自美国著名超验主义思想家、诗人、演说家爱默生的诗《康科德赞歌》（“Concord Hymn”，1837）。在这首诗歌里，爱默生对在美国独立战争中打响“惊世一击”第一枪的美国先辈表达了赞扬，“精神的力量，让他们敢于/去死，而让他们的子孙自由”（Emerson 130）。因此，鲍比·汤姆森这个扭转赛局的“惊世一击”实际上也具有战争的隐喻意义。

此外，棒球和原子弹还被作家赋予了更加具体和实在的联系。经过艰苦的对抗，因为鲍比·汤姆森打了个戏剧性的本垒打，巨人队最终以 5∶4 的比分获得了胜利。“巨人队胜利了!”这场势均力敌、分毫不让、比分紧咬的比赛给在场的观众以及收听电台转播的听众奉上了一场精彩的娱乐盛宴。而与此同时，身在看台上的联邦调查局局长约翰·埃德加·胡佛（John Edgar Hoover）却从手下的特工那里获得了苏联刚刚在某个秘密场所进行了一次核试验的情报。此时，看台上的观众发出了震耳欲聋的喊声，胡佛想到的却是“吞噬众多城市的热核”（DeLillo，*Underworld* 24）。在这里，巨人队的反败为胜与苏联在原子弹研发落后于美国的情况下取得第二次核爆炸的成功之间也产生了某种神秘的联系。作家借小说中的一个人物——马文·伦迪（Marvin Lundy）之口，直接道出了棒球与原子弹之间的这种关联：“整个事情似乎很有趣，因为苏联人在造原子弹时，听好了，他们造的那个放射性核的尺寸就跟棒球一样大。”（DeLillo, *Underworld* 172）因此，那个所谓的“惊世一击”，不论指的是汤姆森的本垒打还是苏联的核爆炸，可以说宣告了冷战的开始（Fitzpatrick 155）。

在历史上，汤姆森打出的那个本垒打的棒球下落不明，但在《地下世界》里，这个棒球被赋予了一段曲折离奇的经历。它先是被溜进赛场的黑人男孩科特·马丁（Cotter Martin）抢到并带回家，然后被科特的父亲曼克斯·马丁（Manx Martin）偷偷拿到扬基体育馆外，以 32.4 美元的价格卖给了前来观看比赛的棒球迷查尔斯（Charles）。查尔斯后来把棒球交给了儿子查克（Chuckie），查克把棒球弄丢了。而狂热的棒球纪念品收集者马文·伦迪终其一生都在追寻这个棒球的下落，他后来把这个棒球以 3.45 万美元的价格卖给了尼克。尼克在退休后重新整理书柜时发现了这个棒球。因此，这个棒球经历从 1951 年的棒球比赛到 20 世纪 90 年代整个冷战时期，四处辗转，成为冷战历史的一个见证。

尼克·谢可以说是《地下世界》中的主要人物，整个小说可以在某种层面上被看作尼克的传记。尼克出生在纽约的布朗克斯（德里罗也是如此），11 岁时父亲离奇失踪，来自爱尔兰的母亲独自把他和弟弟马特（Matt）抚养成人。17 岁时，尼克辍学当了搬运工，与弟弟的国际象棋老师布龙齐尼先生（Mr. Bronzini）的妻子克拉拉（Klara）发生了关系，随后参军。因为好奇、慌乱、失误枪杀了自己的朋友乔治（George），他被关进教养所。被释放以后，尼克被送往耶稣会，后来他进入亚利桑那州凤凰城的一家垃圾处理公司并逐步成长为经理。20 世纪 90 年代，尼克驱车去沙漠里看望正在给冷战期间的废旧飞机绘制图案的克拉拉，后与布莱恩（Brian）在维克多（Viktor）的陪同下前往哈萨克斯坦参观苏联核试验基地。虽然有着不幸的童年（父亲失踪）和成长中的挫折（失误枪杀乔治而被关进教养所），但是尼克后来成功地重新融入了社会，并且在事业上还非常成功。他自始至终从事的都是垃圾处理行业，而他也对垃圾（尤其是核废料）有着不同寻常的认识。尼克这样介绍自己：

> 我供职的公司与废物打交道，处理废物，买卖废物，研究全球废物处理问题。……他们身穿登月服，把危险的废物深埋于地下盐床中。……在我们这个行业中，有一个观点近乎宗教信念，认为那样的岩石贮藏地是不会泄露辐射的。人们怀着尊崇感和恐惧感，把受到污染的废物深埋起来。
>
> ……
>
> 我们是废物管理人员，废物巨头，处理全球的废物。如今，废物具有一种神圣的光晕，一种不可触摸的侧面。（DeLillo，*Underworld* 88）

尼克曾对维克多说，武器和废物之间存在着一种奇怪的联系，也许武器和废物可以称为“双胞胎”（791），我们“通过核爆炸的方式来毁灭遭到污染的核废物”（791）。在垃圾填埋场里，越是危险的废物填埋得越深。我们对核废物产生了一种类似印第安人对土地的崇拜感（289）。而垃圾经过加工之后还会再次回到我们身边，具有某种沧桑感（809）。

垃圾不仅让我们产生一种崇敬之感，甚至还会改变社会。随着美国进入消费社会，垃圾堆积变得日益严重，堆积成山的垃圾已成为影响人们思维的一种力量。小说中一个人物德特威勒（Detwiler）就指出，“不消费就死亡。这就是我们的文化提出的要求。它最后都以倾倒告终。我们制造了大量的垃圾……我们让垃圾影响我们，控制我们的思维”（287-289）。

以往关于冷战的叙事，大多是从制造出来的武器和产品来体现冷战紧张的气氛。从某种程度上说，垃圾（尤其是核废料）是掩埋在地下的历史，以无声的存在揭示了美苏之间的竞赛和对抗。

垃圾也引出了我们对于小说标题《地下世界》含义的思考。显然，德里罗给小说的标题赋予了某种多义性和模糊性。首先，标题指向了在地上和地下堆积成山的垃圾，越危险的垃圾就被掩埋得越深，逐渐形成了一个“地下世界”；其次，小说中反复提到的尼克的父亲杰米（Jimmy）在他年幼时离奇失踪，可能是被黑帮绑架并杀害了，“地下世界”可能指这样的黑帮以及其他黑手党等犯罪组织；再次，“地下世界”是1927年美国票房极佳的抢匪片电影名称；最后，小说中提到的那个受到当局压制的苏联导演谢尔盖·M. 爱森斯坦（Sergei M. Eisenstein）的那部遭禁的电影，其名称（德文）也正是“地下世界”。

第二节　并置、对比、拼贴：再现冷战时期心理上的脆弱与疯狂

虽然浓缩了从20世纪50年代初到90年代近半个世纪的

冷战史，但是《地下世界》不是一部传统现实主义风格的历史小说。小说主题宏大、卷帙浩繁、人物众多、结构复杂，叙述方式却一反常态，让我们对线性叙事的期待落空。

通常，长篇小说都有一个非常明晰而具体的情节发展线索，并有一个突出而且特征鲜明的主人公。这些特征在《地下世界》里似乎都难觅踪迹。小说中没有一条“主线”，但存在几条并行又有交叉的发展脉络；小说中也难以找出一个处于绝对“中心”位置的主人公，而是由好几个重要人物松散地发生关联。当然，《地下世界》最显著的特征还是在叙事时间上的独特处理。

全书长达827页，包括“序幕”、主体“第一部分”至“第六部分”及“尾声”，此外还有“奥克斯·马丁1”至“奥克斯·马丁3”三个短小的章节穿插于主体的奇数部分（即第一、第三、第五部分）之后。正如上文所述，“序幕”部分以1951年10月3日纽约的棒球比赛中巨人队的获胜开始。第一部分则跨越到1992年春夏，尼克·谢到亚利桑那州凤凰城看望在这里负责在冷战期间报废飞机上的绘画项目的克拉拉。尼克在17岁时曾与克拉拉有过一段恋情。在这一阶段，尼克自己平时住在休斯敦，在一家废品处理公司担任经理。第二部分写的是20世纪80年代中期至90年代早期，尼克的妻子玛丽安（Marian）和尼克的同事布莱恩偷情。第三部分讲的是1978年春尼克到洛杉矶参加会议，告诉一个陌生女人自己曾经枪杀了一个老人，还进过教养所。在这一阶段，棒球纪念品收集者马文和妻子埃莉诺（Eleanor）来到旧金山的一个码头等候查克·温赖特（Chuckie Wainwright），他就是1951年10月3日赛场上汤姆森那个本垒打棒球当时的拥有者，但马文他们的愿望却落空了。第四部分写的是1974年尼克松总统下台，克拉拉在纽约不时地与女儿特蕾莎（Teresa）相聚，并与迈尔斯（Miles）交往，而尼克的弟弟在越南服役。第五部分写的是20世纪50年代和60年代尼克进入教养所，古巴导弹危机爆发，纽约街头警察镇压民权运动游行的黑人，联邦调查局局长胡佛在纽约参加化装舞会。第六部分写的是1951年秋天到1952年夏天，尼克的弟弟马特在布龙齐尼的指导下学习国际象棋，修女埃德加（Edgar）在天主教学校里给孩子进行遭遇核袭击的应对演练，尼克和马特的父亲离奇般地失踪，尼克辍学当了搬运工，与克拉拉发生关系，糊涂之中失手枪杀了自己的朋友、招待员乔治。"尾声"部分则又回到20世纪90年代，尼克从亚利桑那前往俄罗斯，并在哈萨克斯坦地下核爆炸基地进行了参观，质问跟妻子发生奸情的同事布莱恩并教训了他，被维克多带着参观了"畸胎博物馆"。尼克回到凤凰城，与妻子的关系更加紧密，在整理书架时发现了当初买下的那个本垒打的棒球。

从上述梳理不难看出，小说主体部分纵向时间上以倒叙为主，横向时间上则采用了电影般的交织处理，结尾部分再次回到第一部分的时间起点。具体而言，小说重点采用并置、对比、拼贴等叙事手法，形成整体上的统一和完整，并再现冷战期间美国民众心理上的紧张、脆弱和恐惧。

在《地下世界》中"并置"不仅体现在艺术与犯罪、原子弹与垃圾等抽象或者隐喻意义上，而且也体现在具体的细节当中。在1951年10月3日这天《纽约时报》上，德里罗写道："头版上有两条并列而醒目的大标题。左边是巨人队在第九局打出了一个戏剧性的本垒打，打败道奇队最终夺冠。

而在右边对称的位置上，以同样的字体、字号和行数印着的是苏联又进行了一次核试验，细节保密。”（DeLillo, *Underworld* 668）在某种意义上，棒球代表着民众对娱乐活动的狂热，蘑菇云则代表了终极毁灭带来的恐惧，而这二者的并存可以说是代表了冷战时期美国人的生存状态。这也是德里罗的长篇小说《地下世界》“序幕”部分揭示出的要旨。“并置”还体现在作家将大量历史上真实可考的人物如鲍比·汤姆森、胡佛、麦卡锡、肯尼迪、菲德尔·卡斯特罗（Fidel Castro）、尼克松、赫鲁晓夫、罗纳德·威尔逊·里根（Ronald Wilson Reagan）、戈尔巴乔夫等，与虚构的人物如尼克、克拉拉、布莱恩、迈尔斯、乔治、查尔斯、马特等掺杂在一起，故意模糊历史与虚构之间的界限，造成一种真假难辨、模糊不清的效果。当然，“并置”还体现在小说将冷战期间的标志性重大事件（如苏联原子弹爆炸、朝鲜战争、古巴导弹危机、越南战争、尼克松下台、苏联解体等）与美国大众文化活动（如巨人队和道奇队的棒球比赛、地铁涂鸦喷绘“月亮人”、纽约上流社会化装舞会、里根总统接见汤姆森、甲壳虫在美国巡回演出的影片、国际象棋比赛等）相互穿插，让生死攸关、影响深远的宏大事件和轻松愉快、滑稽可笑的个人故事之间产生张力，体现了冷战时期紧张与缓和交替出现的历史进程。

与此同时，小说中从头到尾都充斥着美国与苏联、“自由世界”与共产主义、迪士尼与《真理报》、“我们”和“他们”、“铁幕”这边和那边之类的对比。也许最能体现这种根深蒂固的偏见和敌意的例子就是马文和他同父异母的哥哥阿夫拉姆（Avram）的相聚。二战结束 6 年后，马文和新婚妻子埃莉诺（Eleanor）一起到欧洲旅行，经过意大利、奥地利、匈牙利、捷克斯洛伐克、波兰，最后进入苏联。在高尔基市，马文与阿夫拉姆生平第一次相聚，他们相拥而泣，但很快就因苏联和美国之间对立的意识形态争吵起来（DeLillo，*Underworld* 311）。阿夫拉姆曾在苏联红军中当过兵，在列宁格勒、斯大林格勒战役中负过伤，还被德军抓住过。在马文看来，阿夫拉姆在这里没有基本的生活条件，住在没有暖气的小公寓里，如果要洗澡，就必须把厨房里的水龙头取下拿到浴室里装上，但他却是个具有献身精神的共产党员。他们争吵了三天，围绕着苏联对美国的鄙视、美国对苏联之落后的震惊、"我们"和"他们"、苏联与西方等等，这种对比体现了美国和苏联之间的隔阂无处不在。

在《地下世界》中，德里罗将不同类别的媒介和信息综合起来制造一种全新的"视觉"和心理效果。小说"序幕"部分，在观看比赛过程中，胡佛局长的肩头有从《生活》（*Life*）杂志里撕下的一页图画。这是 16 世纪佛兰德斯（Flanders）绘画大师彼得·勃鲁盖尔（Pieter Bruegel）的一幅画作的复制品，标题是《死亡的胜利》（*The Triumph of Death*）（DeLillo，*Underworld* 50）。画面上一群骷髅军在一片荒野土地上大肆屠杀和发泄。树木凋零，河鱼干死，大地炙烤，土地贫瘠，毫无生机。骷髅追杀活人，活人要么惊慌逃亡，要么徒劳地反抗，似乎敲响了人类的丧钟。胡佛由此想到了原子弹袭击后可能发生的情形：不是被热核吞噬，就是被死人追杀，因为"死人来了，为了夺取活人的性命"（49）。这里，16 世纪的油画上骷髅军追杀活人的画面、保罗球场上道奇队和巨人队的比赛、遥远的苏联上空原子弹爆炸的蘑菇云之间形成了一种既遥远又有相通之处的拼贴画面，凸显了美苏之间的竞争和冷战阴云。

小说“序幕”部分写到的那场巨人队与道奇队的比赛是在 1951 年 10 月 3 日举行的。这个看似稀松平常的日期，在冷战氛围中都可能产生特殊的意义。尼克对西姆斯（Sims）和法里什（Farish）说：“我认为，第二天我便开始觉得各种各样的信号都指向‘13’这个数字。到处都是噩运。……我记住了一个，就是那场比赛的日期。10 月 3 日或者把月份和日期加起来，就得到 13。”（95）在西方文化中，“13”这个数字通常代表着“不幸、噩耗、灾难”等等，以至于西方人在日常生活中产生了对这个数字的恐惧感。在《地下世界》中，巨人队夺得国家联盟冠军和苏联两年内第二次原子弹爆炸的日期都含有“13”，而这个数字在尼克头脑中一直挥之不去。

自从前一天那场比赛结束以后，尼克脑袋里一直想着“13”这个数字……今天一整天，他脑袋里全是“13”这个数字。他要找一支铅笔把它们记下来才行。

布兰卡穿着 13 号球衣。

布兰卡今年赢了 13 场比赛。

巨人队开始棒球锦标赛时，落后道奇队 13 场半。

昨天那场比赛的日期，是 10 月 3 日。把这两个数字加起来，得数是 13。

巨人队今年赢了 98 场比赛，输了 59 场比赛……9、8、5、9——把这四个数字加起来，把这个得数倒过来念，明白多少了吧？讨厌的家伙。

那个本垒打出现时的时间是 3：58。把分钟数加

> 起来，得数是 13。
>
> 除此之外，如果你想了解每局的得分情况，你可以拨打的电话号码是 ME7-1212。M 是英语字母表中的第 13 个字母；如果把电话号码中的五个数字加起来，得数又是 13。
>
> 再看一看 Branca 这个名字吧……B 的位置是 2，R 是 18，以此类推，Branca 这几个字母所处位置的字数之和是 39。39 有什么玄机呢？如果除以举行那场比赛的日期 3，你得到的是 13。
>
> 汤姆森的球衣号是 23，减去举行那场比赛的月份 10，你知道得数是多少了吧？（DeLillo, *Underworld* 678-679）

在这里，尼克将与数字 13 有关的各种各样的情景拼贴在一起，使人感到眼花缭乱、不可思议，同时也揭示出了冷战氛围中人心惶惶、敏感脆弱以及荒诞疯狂的心理状态。

第三节　冷战妄想狂和辐射灾难的历史记忆

在《地下世界》中，美国人对来自苏联的原子弹袭击的焦虑和恐惧是贯穿整部作品的一条重要线索。美国于 1945 年 7 月率先成功地研制出了原子弹，这给美国民众带来的是一种绝对的安全感。在美国政府和不少科学家的认知当中，此后相当长的一段时期内美国会一直保持这种核垄断地位。然后，苏联第一颗原子弹的爆炸成功地给美国带来了无底的恐惧和不安，他们的生活从此也发生了急剧的变化。在小说中，即便是国家联盟锦标赛这样的重大赛事，也有不少棒球球迷因担心遭遇危险而选择待在家里收听电台的转播。布莱恩·格拉斯克（Brian Glassic）与棒球纪念品收藏者马文·伦迪在回忆那次巨人队与道奇队的比赛时曾说：

> "当年，那是一场重要的比赛，为什么有那么多座位空着呢？"
>
> "许多年以来的重要比赛。"马文说。
>
> "许多年。"
>
> "因为某些事情具有无意识恐惧的性质。我从内心深处坚信，人们在空气中感觉到某种灾难，关心的并不是谁将赢得比赛。某种可怕的力量会——那个词语怎么说的？"
>
> "抹去。"
>
> "对，抹去。它可能抹去比赛这一档事。你得明白，在整个50年代，人们待在室内，仅仅开车时才到外面去……"
>
> "换句话说，那时存在一种隐秘的心理：待在家里吧，因为空气中弥漫着一种威胁。"（DeLillo, *Underworld* 171-172）

1949年8月苏联成功地进行了第一颗原子弹试爆。随着美苏之间的对立日益加剧，美国民众担心广岛和长崎的悲剧也可能发生在自己身上。进入 20 世纪 50 年代以后，美国民众感到来自苏联的威胁变得越来越近。因此，整个 50 年代人们感到空气中都弥漫着一种威胁。政府、军队、学校、媒体、娱乐都在围绕着可能遭遇苏联的核打击而进行一系列的宣传、演练和鼓动。在马特上的那所天主教学校里，修女埃德加在教室里带领学生进行遭遇原子弹袭击的演练“卧倒躲避”（718），一遍遍训练应对原子弹袭击的六条规则（728）。小说中，颇受观众欢迎的脱口秀演员兰尼·布鲁斯（Lenny Bruce）更是直接对观众反复宣告：“我们全都要完蛋了！”（We’re all gonna die!）这种带有明显调侃意味、在娱乐场合发出的“预言”，实则给观众带来极大的震撼，兰尼每隔一段时间就重复一次这句话，似乎暗示危险正在一步步临近。在政府的警示和媒体的渲染下，人们心理上集体呈现出遭受来自苏联核打击的妄想症。在苏联解体后，仍有美国民众心存疑虑：“苏联解体是真的吗，还是欺骗西方的一个阴谋？”（81）在德里罗的笔下，冷战期间美国对苏联的核打击的妄想症可谓已经不可救药了。

美国和苏联研制原子弹是为了获得绝对的竞争性优势。试验成功后，这两个国家的确拥有其他国家无可比拟的优势地位。然而，获得这一优势是要付出巨大的代价的，而政府因为国内的舆论压力往往选择秘而不宣。在《地下世界》中，美国在新墨西哥州进行核试验，在内华达州测试基地的“下风者”（处于下风地区的居民）吸入放射性尘埃后出现多发性骨髓瘤、肾衰竭、身体萎缩、呕吐、脱发等种种病变（405）。这些美国人民没有受到苏联核弹的伤害，却受到美国放射性尘埃的伤害，造成了永远无法挽回的伤害。与此同时，苏联也在哈萨克斯坦秘密进行核试验，试验也因核辐射造成了极其严重的后果。最惨不忍睹的就是维克多带尼克和布莱恩去参观“畸胎博物馆”时看到的种种畸形和变异：独眼畸形、眼睛长到脸中间、耳朵长在下巴上、完全没有嘴巴（799）。而在原子弹试验基地，时隔多年后马特（在新墨西哥州从事武器开发）和维克多（与俄罗斯和独联体高级官员关系密切）开始怀疑美国和苏联政府是否蓄意让一部分人暴露在辐射之中，甚至用“小孩、婴儿、胎儿和精神病患者做实验”，以便研究这种辐射对人体的伤害程度（417-418，801）。为了获得军事上的战略优势，为了有绝对的力量遏制对方，美国和苏联都曾付出了巨大的代价，甚至犯下了泯灭人性的滔天罪行。尼克问维克多：“有谁记得我们那时为什么要这样做呢？”维克多回答道：“为了竞争，你们赢了，我们输了。你必须告诉我你心里感觉如何，大赢家。”（793）“为了竞争”——维克多道出了冷战期间美苏之间展开一系列竞赛和对抗的目的，这也是冷战最重要的特征。在小说中，我们可以看出，为了达到遏制对方的目的，美国和苏联都陷入了不能自拔、丧失理性的偏执当中。

第四节 历史的重写本：冷战的文化记忆

冷战是特定历史时期和地缘政治下的产物，它已结束并且不可复制。当前国际政治中的各种大国博弈和竞争与美苏之间的冷战大相径庭，形形色色的“新冷战”表现至多也只是一种隐喻而已。长达近半个世纪的冷战如今已经渐行渐远，没有亲身经历过这段旷日持久的黑暗岁月的人们，要想深刻理解美国和苏联曾经展开的一系列对抗和竞争并非易事。关于冷战对美国民众的影响，在美国当代著名作家约翰·厄普代克的“兔子四部曲”的最后一部《兔子歇了》(*Rabbit at Rest*, 1990）中，主人公曾不无诙谐地问道：“没有了冷战，做一个美国人有什么意义呢？”（Updike 509）

如果把1991年12月25日戈尔巴乔夫在其告别演说中宣布“‘冷战’、军备竞赛和把我们国家疯狂军事化的进程结束了”看作冷战的终点（Gaddis 257），而把2001年9月1日看作21世纪全球化的起点，那么《地下世界》发表的时间正好处于其中的过渡期。《地下世界》发表于1997年，此时正值“冷战从记忆中远去，而我们的注意投向了另一个历史时期最初的征兆，其特征是：教派冲突、失败的国家政治和数字资本的全球流动”（Veggian 79）。在某种意义上，这个时间点对于冷战的书写和对冷战记忆的重构是非常独特的。对于当时的读者而言，关于冷战的记忆已开始褪去，长达半个世纪的冷战阴云使得人们迫不及待地拥抱即将开启的新的历史时期，似乎曾经的紧张和对峙已是久远的过去。不同于通常的编年体冷战叙事，《地下世界》在时间上采取的是从1992年追溯到1951年这种特殊的叙述策略。波吉特·诺伊曼曾指出：“典型的记忆小说是由一个回望过去的追忆性的叙述者或人物呈现的，试图从现在的视角为浮现出来的记忆赋予意义。因此，对记忆的文学再现的典型方式是追溯或倒叙(analepsis)。”（Neumann 335）这种“追溯性”或“向内的”

叙事本身就是一种回忆的行为，从形式上直接代表了对冷战历史的逐一呈现。有评论家指出，这种“向内的”叙事揭示了“好几种不言而喻的类比，尤其是回忆活动”(Olster 71)。很明显，作家是想通过这种方式一步步地把读者带回到冷战的历史记忆中去。

德里罗在《地下世界》这部最富雄心的鸿篇巨制里，对冷战时期美苏对峙、可能遭受核打击的妄想症进行了回溯性叙述，并对美国和苏联为了获得战略优势给一些民众造成的伤痛进行了反思和批判，在此基础上重构了那段特定的历史氛围下偏执和疯狂的文化记忆。

第五章

《坠落的人》:“9·11”事件与个体的创伤记忆

2001年9月11日，美国纽约市、首都华盛顿特区接连遭遇恐怖袭击。这是自1941年珍珠港事件以来，美国第一次遭受大规模袭击。这次袭击不仅震惊了美国，让其顿时意识到自身的脆弱，还以在电视和网络上实时向大众传播的方式宣告了新的恐怖主义时代的到来。除了以纪念馆、纪录片、电影、档案等方式悼念遇难者之外，德里罗也积极参加了“9·11”事件的纪念活动。作为一名纽约市民，德里罗在其小说《坠落的人》中以细腻的笔触再现了“9·11”事件中纽约人精神上陷入震惊与惶惑的情景，表现了历经劫难之后的普通个体渴求通过讲述重构“经历过的记忆”。

本章从文化记忆批评的视角，指出德里罗的作品揭示了事件发生后政府和大众媒体出于政治的需要，一味地渲染恐怖分子的邪恶与疯狂，而选择性地遗忘美国自身存在的问题，客观上阻碍了受害者的创伤治愈。小说试图通过“反叙事”

的方式消解主流媒体的定论，从反主流媒体、欧洲，甚至从恐怖分子的视角对这一袭击事件进行了多维的深刻反思，为读者接近“9·11”袭击事件的本真提供了一条路径。《坠落的人》与其他以“9·11”事件为题材的重要小说作品共同构成了对这个悲剧事件的文学纪念，参与了21世纪初期文化记忆的建构。

第一节　再现关键时刻：“9·11”事件与《坠落的人》

2001年9月11日，19名恐怖分子劫持了四架民航飞机，针对美国境内的重要目标实施自杀性袭击，其中两架飞机先后撞向了位于纽约市世界贸易中心（简称“世贸中心”）的“双子塔楼”①。这一天的系列袭击直接造成近3000人遇难②，是美国历史上最严重的一次恐怖袭击。这一事件不仅引发了乔治·W. 布什（George W. Bush）总统任期（2001—2009年）内将“反恐”作为最重要的任务，而且对美国以及全球此后十多年的政治格局都产生了深远的影响。很多历史学家把纽约遇袭的这一天视为21世纪真正的开始。

① 第三架飞机撞向了首都华盛顿特区外的五角大楼，第四架飞机在机上乘客试图从劫机的恐怖分子手中夺回控制权的过程中坠毁在宾夕法尼亚。

② 袭击事故造成的具体伤亡情况如下：纽约世贸中心约2750人遇难，五角大楼约184人遇难，在宾夕法尼亚坠毁的飞机上约40人遇难。19名恐怖分子全部死亡。详见 https://www.britannica.com/event/September-11-attacks。

在谈到文化批评与社会时，德国哲学家、法兰克福学派的代表人物西奥多·W. 阿多诺（Theodore W. Adorno）曾写道:“文化批评发现自己正面对着文化与野蛮的辩证关系的最后阶段。在奥斯威辛之后，写诗是野蛮的，而且这甚至也侵蚀了这种知识，后者解释了为何在今天写诗成为不可能的事。”（Adorno 34）同样，“9·11”事件发生后，电视上每天进行长篇累牍的报道，报纸上也不时刊登出新的遇难者名单。无形当中，这些媒体上重复播放的袭击画面给幸存者及遇难者家属的精神可能造成了进一步的伤害。值得注意的是，与大众媒体的这种喧哗相比，有一部分作家却选择了沉默。不少生活在纽约的作家都难以接受眼前的悲剧，感到语言无法再现现实中的恐怖，给外界造成了一种“集体麻木”的表象。犹太裔美国小说家、纽约大学法学教授塞恩·罗森鲍姆（Thane Rosenbaum）在一篇题为《后“9·11”世界里的艺术和暴行》（“Art and Atrocity in a Post-9/11 World”）的文章中写道:“作为一个小说家，我不会去触碰世贸中心，也不会将围绕着它的那个阴森可怕的悲剧作为新书的核心部分……我还没有准备好书写或者谈论它。也许我最希望的是让每个人都少谈论一些，并且在事情的清晰程度和完结方面不要有太多的期待。是的，对那些来说还太早了。”（Rosenbaum 135）的确，要深刻表现出这个悲剧事件中的恐怖、绝望和脆弱无疑需要时间上的间隔，以让作家自己的心理平复下来。在“9·11”事件发生后的6年之际，德里罗发表了长篇小说《坠落的人》。该小说问世后广获好评，被《哈佛书评》（*Harvard Review*）称为“‘9·11’小说的定义之作”。

第二节 单个家庭与集体记忆：“9·11”事件中的震惊与惶惑

德国学者波吉特·诺伊曼认为，“典型的记忆小说是由一个追忆性的叙述者或回望过去的人物呈现，试图从现在的视角对浮现出来的记忆赋予意义。因此，对记忆的文学再现的典型方式是追溯或倒叙（analepsis）”（Neumann 335）。《坠落的人》正是以恐怖袭击发生之后的纽约为场景，以从废墟中走出来的幸存者的追忆和讲述为主线，用细腻的笔触再现了“9·11”事件中纽约人精神上陷入的震惊与惶惑。有论者认为，小说选择了“从琐碎的日常生活中去捕捉一个时代性的灾难，从一个小家庭的悲喜去折射整个民族对公共事件的心理反应”（安婕 125）。

位于曼哈顿下城金融区的世贸中心原“双子塔楼”[①]，自1973年4月4日正式启用以来，一直以来都是纽约的地标。这两座塔楼的高度（北塔417米高，南塔415.1米高）超过了同城的帝国大厦，在建成之时是世界上最高的建筑物，代表了战后美国作为超级大国的巨额财富、垄断地位和科技实力。这两座耸入云霄、让纽约人引以为傲的高楼在2001年9月11

① 世贸中心（World Trade Center）建筑群由七幢大楼构成，其中最高的两幢分别是世贸中心一号大楼（北塔）和世贸中心二号大楼（南塔）。“9·11”事件过去13年后，原“双子塔楼”的位置上建起了一座新的大楼——“世贸中心一号大楼”。2014年11月，新建成的大楼正式对外开放，高541.3米，成为美国以及整个西半球最高的建筑。参见 https://www.wtc.com/about/buildings/1-world-trade-center。

日那天遭到恐怖分子劫持的飞机撞击，先后坍塌，化为废墟。同时，媒体上24小时滚动播放袭击发生时的情形，凸显每个具体细节，各种报道铺天盖地，刺激的画面反复出现。这突如其来的灾难无疑给在世贸中心“双子塔楼”工作的职员以及近在眼前的纽约市民带来了剧烈的心理冲击。

实际上，“9·11”事件也对德里罗本人造成了相当大的影响。德里罗是一名地地道道的“纽约客”，一生绝大部分时间都是在纽约度过的。他出生于纽约布朗克斯，在布朗克斯读完高中和大学，毕业后在第五大道上的奥美广告公司工作数年，然后在纽约专职从事创作，目前住在距曼哈顿15英里外的近郊布朗克斯威尔（Bronxville）。袭击事件过去两个多月后，他在著名的《哈珀斯》（*Harper's*）杂志上发表了一篇长文:《在未来的废墟上：九月阴影中恐怖和悲痛的反思》(“In the Ruins of the Future: Reflections on Terror and Loss in the Shadow of September”，2001）。在文中，德里罗写到，他的侄子一家就住在与世贸中心北塔“相隔只有两个街区”的楼房里，当第一架飞机撞向北塔时，他们一家几乎命丧楼内（DeLillo，“IRF”36-37）。因此，“9·11”事件对于德里罗来说，他除了作为一名纽约市民受到震惊之外，另外还包含个人或家庭层面的牵连。

袭击发生时，德里罗即将完成他的第13部小说——《大都会》。在恐怖袭击后，他声称他的写作中断了很长时间，有段时间就是不想写了，尽管他写了一篇关于袭击本身的文章。他又说“袭击并没有直接影响到那部小说，但它们肯定影响到我了”（转引自Duvall 179）。在小说《坠落的人》中，作家没有采用史诗般的巨幅画卷来刻画这个划时代的历史事件，而是通过一个普通家庭在袭击发生后的生活状况来表现这个事件对个体的影响。

小说的主人公名叫基思（Keith），在世贸中心北塔里的一家房地产公司中当律师，住在世贸中心塔楼附近的公寓楼里，平时喜欢和牌友在家里的牌桌上打扑克。他的妻子丽昂（Lianne）在社区为患有阿尔茨海默病的老人举办了一个故事写作班，此外她还是一名自由编辑。他们已经分居一段时期了，儿子贾斯廷（Justin）与丽昂生活在一起，住在曼哈顿上西区。丽昂的父亲多年前因不愿面对自己患上阿尔茨海默病后的漫长岁月，而用老式运动步枪结束了自己的生命。这给丽昂精神上造成了很大的阴影。"他死于自杀"这个念头一直在她脑中挥之不去。丽昂的母亲妮娜（Nina）退休前在大学里讲授艺术史，妮娜交往多年的情人马丁（Martin）来自欧洲，是个艺术品商人、收藏家。他们两人经常为艺术、政治等争论不休，彼此之间已经日益疏远。"9·11"恐怖袭击让基思和丽昂、贾斯廷重新相聚在一起，他们夫妻二人试图修复出现裂痕的婚姻，但最终还是未能成功。几经尝试，基思还是没能融入家庭，无法在纽约重新开始工作，与妻子和儿子渐行渐远，沉溺于内华达州的赌场，最后成为一名职业扑克牌手。面对妻子真诚的劝说，他不为所动，逃避家庭，四处参加各种赛事，仍然没能走出创伤后的空虚和茫然。丽昂准备和孩子独自生活，"以撞楼飞机——划过蓝天的银色——出现前一天的方式生活下去"（DeLillo，*FM* 236）。《坠落的人》正是通过基思一家这个普通家庭在袭击事件发生后的遭遇来表现这一公共事件，并再现了人们精神上遭遇到的震惊和惶惑的那一段记忆。

卡鲁斯曾指出:“创伤,那就是说,不是简单地作为过去的记录,而是准确地显示了一段经历的没有完全承认的力量。”(Caruth 151)小说中几乎所有的主要人物——无论“9·11”袭击发生时他们身处何处——都无一例外地受到了影响,被卷入这一事件的漩涡当中。主人公基思在世贸中心的北塔上班。南塔坍塌时,他与死神擦肩而过,从废墟中逃离出来,首先映入眼帘的是“街道不复存在,已然变成了一个世界、一个时空,散落的尘土遮天蔽日,近乎黑夜”(DeLillo, *FM* 3),顷刻间“似乎所有这一切都可能被置于中止状态”(4)。这一切太突然也太剧烈,让他陷入恍惚。“他试图告诉自己他还活着,但这个印象太模糊了,他抓不住”(6)。他走在街道上,遇到一位货车司机,“直到他上了车,关了车门之后,才明白自己是从哪里走来的。”(6)一段时间之后,回忆起这个时刻时,基思还一直相信第一架飞机撞楼是意外事故(135)。同在北塔上班的女性弗洛伦斯(Florence)在从塔楼里逃离时把公文包弄丢了,被基思在迷糊之中拿回了家。等他把公文包送还给弗洛伦斯时,她对他说:“我觉得一切都完了。我没有给驾照挂失。基本上,我什么也没有做,只是坐在这房间里。”(54)显然,袭击事件已经彻底改变了她的生活。眼下她最需要的是慰藉和疗伤,其他的她都顾不上了。

袭击发生时,丽昂住在曼哈顿的上西区,并没有亲身经历从死人堆里爬出来的恐怖,但她同样感到恐惧和不安,她对母亲说:“下一次呢?难道你没想过这一点吗?不只是下一个月里,而是在将来的数年里。”(10)恐怖时代已经来临,在未来漫长的岁月里,她都会带着这种焦虑生活下去。她的母亲妮娜是个退休在家养病的老人,她注意到,“人们读诗。

我认识的人，他们读诗，希望以此减缓袭击带来的冲击和痛苦，通过语言中某种美好的东西，给他们自己一种空间”(42)。看来没有人能够在突发事件中置身事外，包括丽昂母亲的情人马丁。袭击事件发生时马丁正在欧洲某地，他在跨洋航班不定期恢复后登上最早的航班来到美国。对于马丁这个欧洲人来说，刚刚遇袭后的纽约让他感到“再没有什么会让我感觉夸张了，再没什么会让我吃惊了”(41)。一踏上纽约的土地，他就被四处弥漫的恐慌情绪影响。但当他们在家里谈论艺术和政治时，他坦言“我在这一幅静物中总是看见双子塔楼”(49)。

当大人们在袭击中陷入恐慌和焦虑时，小孩子们自然而然地也受到了感染。小说中最能体现这一点的是基思和丽昂的儿子贾斯廷和邻居的姐弟俩。虽然大人们非常小心地不让他们看电视画面，让他们和时事保持安全距离，但他们还是被卷入袭击事件带来的漩涡当中。三个孩子神神秘秘地在房间里低声耳语，不让大人们知道他们的密谋，用望远镜观察天空，寻找撞楼的飞机。他们坚信飞机撞向了大楼，但大楼并没有倒塌。他们把本·拉登(Bin Laden)误说成了比尔·洛顿(Bill Lawton)。他们为比尔·洛顿搜寻天空，相信他开着喷气式飞机，会说13国语言，并有能力在他们吃的某些食物里下毒(74)。他们相信当那些飞机再次出现时，塔楼一定会倒塌(102)。孩子们不愿相信塔楼已经倒塌、袭击已经结束，陷入随时再次受到飞机袭击的恐惧之中。正如基思所观察到的，“纽约每个出租车司机都被叫作本·拉登”(28)，丽昂也深深感觉到“在目前这样的情况下……整座城市现在都超级敏感”(120)。

小说再现了当时的纽约人——无论大人还是小孩，本地居民还是外来者——普遍处于袭击后的惊恐和惶惑之中。

第三节　个人讲述：重构"经历过的记忆"

法国社会学家莫里斯·哈布瓦赫曾指出，"回忆是在同他人和他人回忆的语言交流中构建的"，我们对有些事情的回忆"取决于我们有多少机会对别人叙述它们"(转引自阿莱达·阿斯曼，"回忆有多真实？" 60)。因此，记忆需要经过对他人的讲述来呈现，并通过重复加以巩固，最终实现对过去经历的重构。在小说《坠落的人》当中，个人讲述是个非常突出的回忆方式，包括基思、弗洛伦斯、丽昂、故事会小组成员在内的众多人物都依赖讲述这种方式来激活自己"经历过的记忆"(lived memory)。

小说中，刚刚经历过这个黑暗的恐怖时刻之后的基思变得沉默寡言。丽昂注意到"他需要远离刺激，包括聊天"(DeLillo，*FM* 9)。但毕竟他还是无法与这个刺激性的环境相隔离，最终还是会被裹挟进已经信息爆炸的回忆话语之中。几天后，他向丽昂详细地讲述了他如何从塔楼逃下来，穿过空旷的街道和一道道检查站，回到自己在塔楼附近的公寓，然后设法来到她的住处的。他对丽昂说道："我告诉自己，我在现场。难以相信，我在这里面对它。" 25) 我们注意到，基思对丽昂讲述的大都是他从塔楼下来之后的所见所闻，而他在塔楼当中的生死时刻只能跟有共同经历的人才会谈起。

基思和弗洛伦斯都在世贸中心的塔楼里上班，是恐怖袭击的目击者和亲身经历者。他们所受到的惊恐最直接，心理上受到的创伤最严重。著名创伤研究学者迈克尔·S. 罗斯（Michael S. Roth）指出，“在创伤当中，从回忆中得到的过去会导致痛苦，而创伤事件具有强大的吸引力，能将一系列的经历（通常是个体的整个人生）拖入其轨道。但是极端的事件本身是拒绝再现的”（Roth xviii）。基思从塔楼逃生时，慌乱中别人把一个公文包递给了他，他把它带回了丽昂的公寓。几天后，基思想起了这个公文包，他起初想把它扔进公园里的蓄水池然后回家。但他还是忍不住从包里找到主人姓名，并上门将东西送归原主。这个失而复得的公文包将基思和弗洛伦斯这两个幸存者联系到了一起。他们一起回忆袭击发生时的可怕情形，彼此慰藉，甚至还发生了一段短暂的婚外情。在弗洛伦斯的公寓里，基思变成了一个倾听者，耐心地听她讲述飞机撞楼时的景象：“她慢慢地说着，一边讲，一边回忆，经常停下来，注视着远方，当时的情形一一浮现出来，天花板坍塌，楼梯阻塞了，四处烟雾弥漫，一直没有散去，墙壁倒塌了，露出了最里面没有涂泥灰的墙面。”（DeLillo，*FM* 55）基思观察到“她希望告诉他一切。他觉得，这是显而易见的。也许，她已经忘记了他当时也在现场，在双子塔楼里；也许，正是因为这个原因，他是她需要倾诉的对象。他知道，她没有向别人讲过她的经历，没有以如此紧张的方式，向任何人讲过”（55）。有了基思这个拥有共同经历的同伴，弗洛伦斯不由自主地一次又一次重复自己回忆中的经历，“过了片刻，她又开始讲述”（58）。基思没有对她的重复感到厌倦，因为这是他们共同的需求。与之前他对丽昂的讲述不同，基思对于在塔楼里发生的事情没有直接叙述，他听着弗洛伦斯的讲述，只是说“我在现场”。小说中写道：“她开始重复整个过程，他准备再听一遍。他专心听着，注意每个细节，试图在人群中找到自己。”（59）

基思耐心、专注地听着弗洛伦斯的讲述，他需要“听到他对记忆的追寻中失去的东西”，而她也无比需要他的倾听和陪伴。她曾对基思说：“你救了我的命。你知道吗？”（108）基思曾问自己为什么要把那个公文包带出大楼。对此，弗洛伦斯的认识是：“这就是原因。这样你就可以把它送到这里来。这样我们就有机会认识。这就是你把它带走然后又带到这儿来的原因：让我活下去。”（109）

基思与弗洛伦斯虽在同一幢大楼里上班，但以前素不相识，从未谋面。“9·11”事件让他们之间突然产生了共同的记忆，拉近了彼此之间的距离，心理上产生了相互依赖。他明白，“这些事情只有他们之间才能谈起，注意每个细微和乏味的细节，但它们永远不会显得太乏味或者太细致，因为它们现已铭刻在他们心中”（90-91）。究其原因，这也许就是卡鲁斯所指出的，“对于创伤幸存者而言，事件的真相可能不仅仅在于事件里冷酷的事实，而在于拒绝对它们发生的方式进行简单的理解”（Caruth 153）。在这里，与其说基思只是单纯地在倾听弗洛伦斯的讲述，不如说他和她在共同构建“经历过的回忆”。

早些年前，丽昂的父亲因出现阿尔茨海默病症状而开枪自杀，这给她的心理上造成了创伤。她在曼哈顿东哈莱姆社区为五六个老人主持每周一次的故事写作班，他们都是阿尔茨海默病的初期患者。双子塔楼倒塌后，这个故事写作班变得比以前更加热闹，写作的题目也由最初的“我记忆中的父亲”“我未完成的夙愿”这类一般性的话题变成“9·11”事件相关主题，聚焦于更为紧迫的现实：“有一个题目大家一直都喜欢写……他们想写那些飞机。”（DeLillo，*FM* 31）阿尔茨海默病俗称“老年痴呆症”，根据阿尔茨海默病协会（The Alzheimer's Association）的研究，其最常见的早期症状就是“无法回忆起刚刚学到的新信息”[①]。在其不同的发展阶段中，患者会经历记忆力减退、受损，甚至记忆力丧失。袭击事件刚刚发生时，这些老人们希望用书面讲述的方式来克服自己可能会出现的记忆障碍。“他们写与那些飞机有关的情况。我们写撞楼时他们在什么地方。他们写自己认识的在双子塔楼里——或者在双子楼附近——的人，他们写上帝。”（60）老人们围绕这一突如其来的悲剧讲述了他们的个人经历和对事件的看法。其中一位谈到飞机撞楼时称，17年没有跟他通过话的前妻从佛罗里达打来电话，得知他在家里时让他打开电视。类似这样的经历对于这些老人来说是非常珍贵的，也是他们希望今后能够回忆起来的。

与弗洛伦斯在讲述时依赖基思的倾听类似，故事写作班对丽昂也具有特殊的意义。在某种意义上，阅读这些老人的书面讲述，丽昂也在跟他们一起回忆袭击事件给大家带来的种种巨大的影响。“也许，这个小组对她的重要性超过了对其成员的意义。这里有某种宝贵的东西，某种渗出进而流血的东西。这些人是杀死她父亲的那个疾病的活生生的例证。”

① 参见 https://www.alz.org/alzheimers_disease_what_is_alzheimers.asp。

61-62）在故事会结束之前，小组成员也要求丽昂讲述她在袭击事件发生时的经历。"后来，轮到她了。他们一直在问，催促着。他们所有的人都写了或者说了与那些飞机有关的事。"他们问丽昂："袭击发生时，你在哪里？"（126）于是，她回忆起她并不知道自己已经留意的那些细节：基思出现在她公寓的门口，脸上满是玻璃碎片，她夜里带他去医院。她还告诉他们，事件发生后她整个人都陷入了恐惧之中："无人看管的箱包、装在纸袋里的午餐给人带来了威胁，高峰时段的地铁，就在那里，装在密封的盒子里。"（127）这些平常的物件在丽昂的头脑中都有可能代表着袭击和危险。通过她对这些患有记忆障碍的老人所做的叙述，丽昂也重新构建起了她所经历过的记忆。

第四节 创伤治愈与失忆症：选择性遗忘与"反叙事"

卡鲁斯在其编著的文集《创伤——记忆中的探寻》（*Trauma: Explorations in Memory*）中，将"创伤"描述为"以一种重复的、侵入性的幻觉、梦境、想法的方式或者来自这个事件的行为，对某个或某些重大的、让人无所适从的事件所做的延迟反应，同时伴随着在这个经历当中或者过后开始产生的麻木，此外还可能对回忆这个事件的刺激产生兴奋（和躲避）"（Caruth 4）。在小说《坠落的人》当中，"9·11" 事件发生后带来的震撼、恐怖和毁灭性后果给基思、弗洛伦斯这样的幸存者和丽昂、贾斯廷、妮娜、故事写作班成员等纽约当地居民造成了不同程度的心理创伤。然而，如何妥善地应对这个公共事件，为这些不幸的个体提供关怀和帮助，让他们早日治愈心理上的创伤呢？在这个问题上，该小说反映了美国政府和大众媒体由于政治的需要，采取了偏执的、选择性的遗忘，客观上阻碍了受害者的创伤治愈。

尽管造成心理创伤的原因很多，因为个体差异，进行治疗的方式也多种多样，如斯蒂文·海耶斯（Steven Hayes）等人提出的“接受与实现疗法”，但基本上都强调与过去经历或创伤来源的接近程度。如果了解创伤经历的通道被阻隔，那么受害者出现失忆症（amnesia）的可能也会增加。

在《坠落的人》中，作为幸存者的弗洛伦斯，在经历袭击之后感到无所适从，闭门不出，大部分时间都坐在家里看着电视。“每当她看见那些飞机的录像，她都会用一个指头去按遥控器的电源按钮。然后，她一直看下去。第二架飞机从湛蓝剔透的天空中钻出来，这就是那一段让人刻骨铭心的连续镜头，它仿佛进入了她的皮肤。”（DeLillo，*FM* 134）电视上的镜头一次次重现恐怖时刻的震撼，不断巩固美国作为受害者的角色。丽昂的母亲因为中风过，大部分时间坐在椅子上，她对袭击事件的了解主要来自报纸。她告诉丽昂和马丁：“我读报纸时，看到那些版面，非常愤怒，都快疯了。”（42）报纸上让她愤怒的内容应该是属于极端一类的言论。在该小说里，报纸和电视上到处渲染美国的无辜、正义，以及恐怖分子的邪恶、野蛮，而对引发这一灾难的美国自身的问题却视而不见。因此，经历恐怖袭击的幸存者和其他纽约市民从大众媒体上看到的并不是事件的本来面目，而是包含扭曲和"选择性遗忘"的事件。

由于电视画面的不断重复和报纸、互联网信息的不断转载和复制，在大众媒体上会形成一种如法国著名社会学家、文化理论家让·鲍德里亚（Jean Baudrillard）所说的"拟像的进动"（precession of simulacra）。鲍德里亚从符号学和后结构主义的理论出发，认为意义是由符号系统中的差异产生的，而当代社会中充斥着越来越多的"拟像"（simulacrum）。他认为"这已不再是模仿的问题，也不再是复制的问题，甚至不是戏仿的问题。这是用本真的符号代替本真本身的问题"（Baudrillard 4）。在此过程中，形象的递进会经历四个阶段：第一，"它是对某个基本真实的反映"；第二，"它掩盖和歪曲了某种基本真实"；第三，"它掩盖了基本真实的缺席"；第四，"它与任何真实都毫无关联，它纯粹是它自身的拟像"（11）。在《坠落的人》当中，电视、报纸、互联网等大众媒体通过复制、转载、重复等方式也形成了"9·11"恐怖袭击的拟像，并脱离原来事实的控制，并最终代替了那个没有被媒介传播出来的本真。卡鲁斯曾指出，"在创伤当中，恢复过去的能力紧密地而又悖论地与接近过去的无力（inability）紧密相连"（Caruth 152）。因此，在某种程度上，我们可以说大众媒体减少甚至剥夺了纽约市民接近过去的机会，间接地阻碍了他们的创伤治愈。

与大众媒体上的这种"以美国为中心"的叙事方式不同的是，小说《坠落的人》采取了一种"反叙事"（counter-narrative）的方式，从反主流媒体、欧洲人，甚至是恐怖分子的视角反思纽约遭到恐怖袭击的深层次原因，引导读者重新建构起“9·11”事件的文化记忆。

“坠落的人”最初是美联社摄影记者理查德·德鲁（Richard Drew）在2001年9月11日上午9点41分15秒拍摄的一幅摄影作品的标题，于次日发表在《纽约时报》第7版上，后被各种其他报纸转载。照片上一名男子从塔楼上跳下（无法确定是主动跳楼自救，还是为逃避火焰的吞噬被迫跳下），头朝下，一条腿屈膝，后面的背景是双子塔楼。出人意料的是，这幅具有文献记录价值的摄影作品“在人们当中激起了公愤，因为人们认为它是对恐怖的一种轰动性的利用”（Veggian 104）。受这个作品的启发，德里罗在小说中塑造了一个外号为“坠落的人”（Falling Man）的行为艺术家。“在过去的一周里，他在本市各种场所进行着并不事先通知的表演。他身着西装，系着领带，穿着正装皮鞋，总是脑袋朝地悬吊在建筑物上。他让人们回想起世贸双子塔楼陷入火海、人们摔下去或者被迫跳下去的可怕情景。”（DeLillo，*FM* 33）跟德鲁的摄影作品类似，这个曾在马萨诸塞州坎布里奇高级戏剧培训学院学习表演和编剧的行为艺术家的表演也受到了人们的批评。“有的人冲着他高声喊叫，对这个情景表示愤慨，那是对人类绝望的模仿、身体里转瞬即逝的最后气息、身体里保存的东西。”（33）此外，这位行为艺术家还因擅自进入其他地方、鲁莽的危险活动、引起混乱的行为、阻塞交通等种种原因多次遭到警方逮捕，被处以罚款和给予警告。他在一次被捕后接受审讯时，被问及与他关系密切的人中是否有人在袭击中丧生，他没有提供信息。最后，这位39岁的名叫大卫·贾尼艾克（David Janiak）的艺术家因为心脏病和高血压死去了，寥寥数语的讣告刊登在报纸上。值得注意的是，德里罗似乎对这个“坠落的人”怀有敬意，认为他的表演代表着身体最理想的一种降落运动——自由落体，即仅仅受到地球引力场的作用。但更为重要的是，这个悬吊在各处的“坠落的人”真实而具体地引发了人们对双子塔楼上那些没有幸存下来的受害者的回忆。

小说中，除了纽约市民之外，还有两个比较重要的人物——妮娜的欧洲情人马丁和恐怖分子哈马德（Hammad）。马丁在“9 · 11”袭击发生后从欧洲来到纽约，他和小说中的其他人物（美国人）对这个恐怖事件有着明显不同的视角和观察。由于自身外来者的身份，马丁一方面为自己亲眼所见的景象感到震惊，但另一方面，他更多的是对美国的批评。他说那 19 名恐怖分子“打击了这个国家的强势地位。他们实现了这一点，让世人看到，一个大国多么容易受到攻击，一个干涉别国内政、出兵占领别国领土的大国”（DeLillo，*FM* 46）。对于恐怖分子选择世贸中心的双子塔楼作为目标，他认为“双子塔楼是作为财富和权力的幻想被建造起来的，它们某一天也会变成毁灭的幻想……你们修建那样的建筑，所以你能看到它倒塌。这种挑衅是蓄意的”（116）。他坦言“我们全都厌倦美国和美国人了”（191），并在妮娜的追思会后分析说：“这个国家草率地使用武力，我可以这样说，就给全世界带来的危险而言，美国正在变得越来越无关紧要。你们相信这一点吗？”（191）对于美国人对待“9 · 11”事件的态度，马丁并不满意。他预测，如果美国继续这样下去，“这一天很快到来，人们提到美国时，心里只会想到它带来的危险。它正在失去中心地位”（191）。相比之下，小说中马丁比美国人更能客观地反思导致“9 · 11”事件的原因，他认为事件的发生大部分是由美国自身造成的。

哈马德是小说中撞向基思和弗洛伦斯所在的南塔飞机上的劫机分子之一。他曾在萨达姆军队里当过兵，后到德国汉堡（Hamburg）学习技术和工程，并与一位德国与叙利亚混血女性恋爱。在其精神导师阿米尔（Amir）的蛊惑下，哈马德逐渐蓄起了络腮胡，成为了恐怖组织中的一员，接受训练营里的培训，最后沦为极端分子。他的内心中有过矛盾和挣扎，面对那些被派来引爆地雷的娃娃兵，他曾感到痛惜。对于阿米尔的密谋，他曾质疑这个让其他人和他们同归于尽的计划："如何看待其他的人呢，那些将要一起死去的人？"（176）但在阿米尔和其他恐怖组织成员的强硬鼓动下，他也逐渐对他们的信条产生了认同。他们讨论伊斯兰国家"被其他文化、其他的未来、无所不包的资本市场和外交政策所排挤"（80）。他们"知道伊斯兰遭到了袭击"，认为"一切都是扭曲的、伪善的，西方人的心灵和肉体都堕落了，执意要把伊斯兰国家变成供鸟啄食的面包碎屑"（79）。最后他们认定，"伊斯兰教是反对敌人的斗争，先是犹太人，然后是美国人"（80）。在这里，德里罗没有把袭击双子塔楼的恐怖分子塑造成大众媒体所渲染的那种杀人机器或者魔鬼。我们看到的是他们如何在美国推行的全球化扩张中感受到危机，然后在极端主义思想的影响之下，一步步变成甘愿殉身的袭击者。

德里罗采取的这种"反叙事"，打破了大众媒体由于政治需要而采取"一边倒"的叙事，为读者接近"9·11"袭击事件的本真提供了一条路径，有助于该灾难的幸存者和其他纽约市民治愈心理上的创伤，从而形成与之有关的文化记忆。

在希腊神话中，尼莫西妮（Mnemosyne）是天空之神乌拉诺斯(Uranus)和大地女神盖亚(Gaea)的女儿、十二泰坦之一、记忆女神,同时她也是缪斯(Muses,九位文艺女神的总称)的母亲。因此,记忆和文学之间从最早就存在某种密切的联系。从荷马(Homer)的《奥德赛》(*Odyssey*)到威廉·莎士比亚(William Shakespeare)的《哈姆莱特》(*Hamlet*),从马塞尔·普鲁斯特(Marcel Proust)的《追忆似水年华》(*Remebrance of Things Past*)到石黑一雄(Kazuo Ishiguro)的《长日留痕》(*The Remains of the Day*,1989),记忆也一直都是文学中的中心主题之一。著名文学理论家纽宁等学者甚至提出了“记忆小说”(fictions of memory)这一名称[①]。然而,对文学当中记忆的研究,在相当长的一段时间里学者们关注的是作品中人物个体的记忆和回忆。诺伊曼注意到,“虽然对个体记忆的再现的研究很久以来已成为既定的方法,但直到近来才有学者开始对集体记忆的文学再现进行探究”(转引自Huyssen 158)。“9·11”事件无疑对美国国内政治和整个世界的历史进程造成了深远和长久的影响,双子塔楼轰然倒塌这一幕惨状必将留在今后几代人的记忆当中。每年9月11日这天,纽约都会举行各种各样的纪念仪式和活动。文学该以怎样的方式参与对这个事件的反思和纪念是个非常值得思考的问题。

其实,在“9·11”事件发生后不久,美国国内就出现了究竟该如何纪念这个灾难的争论。正如安德烈亚斯·胡伊森

---

① 纽宁2003年曾为学术期刊《英国文化研究杂志》(*Journal for the Study of British Cultures*)主编过一个专刊,当期的主题就叫“记忆小说”。见 Nünning, Ansgar, ed. Fictions of memory. Spec. Issue of *Journal for the Study of British Cultures* 10.1 (2003).

（Andreas Huyssen）写道："我们身处于像这样着迷于记忆的文化当中，那个创伤性的震惊事件发生不久之后就开始激起人们该如何纪念双子塔楼袭击的争论，对此我们不应感到惊讶。"而且他也注意到，"与此同时，人们达成了共识，那就是一定要给那个给纽约带来创伤的悲剧性的伤痛建立某种永久性的纪念。建立的任何纪念物也必须纪念后来被证明成为世界历史的一个主要转折点的事件，而不仅仅是这个城市的历史或者美国的历史"（Huyssen 158）。如今，在世贸中心双子塔楼的原址上已修建了美国"9·11"国家博物馆，并在袭击十周年之际（2011 年 9 月 12 日）对公众开放。"9·11"国家博物馆也于 2014 年 5 月 21 日对外开放。如果说创伤可以被看作一种仪式，那么德里罗的《坠落的人》与乔纳森·萨弗兰·福尔（Jonathan Safran Foer）的《特别响，非常近》（*Extremely Loud & Incredibly Close*，2005）、厄普代克的《恐怖分子》（*Terrorist*，2006）、约瑟夫·奥尼尔（Joseph O'Neill）的《地之国》（*Netherland*，2008）、科伦·麦凯恩（Colum McCann）的《转吧，这伟大的世界》（*Let the Great World Spin*，2009）等其他以"9·11"事件为题材的重要小说作品共同构成了对这个悲剧事件的文学纪念，参与了 21 世纪开端的文化记忆的建构。

第六章

《天使埃斯梅拉达：九个故事》：日常生活中的恐怖记忆

“文化记忆，对于瓦尔堡而言，是过去经历和情感再利用和复活的管道”，他认为“作为历史作品和文化创造特点的记忆与移情（empathy）二者紧密相连”（Roth 133）。德里罗的短篇小说再现了从20世纪70年代到21世纪初的历史氛围和情感记忆，并对当代美国社会中个体所经历过的危险与恐怖表现出深切的理解和关怀，成为战后美国文化记忆的一个重要载体。

德里罗是美国当代最具影响力的后现代主义小说家之一，有学者将其视为“美国文学转向后现代主义的代表”（Knight 27）。他至今已发表17部长篇小说，而且几乎每部新作的出版都能引起评论界的高度关注，还屡屡获奖。德里罗是个多面手，他在多个文学领域均有涉猎和建树。除了长篇小说以外，他还发表了不少短篇小说、剧本和散文。然而，国内学界一直以来几乎只专注于对其长篇小说的译介和研究，对其短篇小说的关注存在着明显的不足[①]。

2011 年出版的《天使埃斯梅拉达：九个故事》是德里罗至今发表的唯一一部短篇小说集，尽管他至今已发表短篇小说 20 余篇。这九个故事中的第一篇《创世》（“Creation”）发表于 1979 年，而最后一篇《消瘦的人》（“The Starveling”）则在 2011 年才问世。从时间跨度上看，这部短篇小说集中的作品几乎贯穿了德里罗长达半个多世纪的创作生涯的整个过程。在学术界，德里罗的文学声誉主要是由其长篇小说奠定的，特别是《白噪音》《地下世界》《天秤星座》这三部重要作品。然而事实上，在最初踏上作家之路时，德里罗首先尝试的是创作短篇小说。他曾在美国全国公共广播电台（National Public Radio，NPR）的节目里袒露：“当我开始想当作家的时候，我所写的作品几乎无一例外全是短篇小说。我想很多作家在那个时期都是从短篇小说开始起步的——美国的短篇小说是一个经典的文学样式。”众所周知，相对于长篇小说而言，短篇小说由于其篇幅和容量有限，要表达深刻的主题和刻画生动的人物，其难度甚至比创作长篇小说更大。此外，德里罗的短篇小说跟他的长篇小说有时还存在很强的关联。他在创作长篇小说前，有时会先写个短篇小说，看看效果如何。然后在此基础上总结经验，继而创作更为复杂的长篇作品。例如，德里罗在 1997 年出版的长篇小说《地下世界》就与本章中的短篇小说《天使埃斯梅拉达：九个故事》

① 关于德里罗的短篇小说，根据中国知网的检索结果，国内主要的研究成果是杨仁敬发表在《外国文学》2003 年第 4 期上的两篇译文（《第三次世界大战中的人情味》和《象牙杂技艺人》）以及同期刊登的评论文章《用语言重构作为人类一员的“自我”——评唐·德里罗的短篇小说》。

有着重要渊源，后者经改动后成为《地下世界》中的一部分。因此，阅读德里罗的短篇小说不仅让我们有机会领略他在小块画布上展现出来的精湛技艺，还可以帮助我们更好地理解和领悟其长篇作品里的丰富内涵。《天使埃斯梅拉达：九个故事》的结集出版是德里罗多年来短篇小说创作的一次集中亮相，也是作家对自己在这一领域变得更加自信的体现。

德里罗的大多数长篇作品都表达了我们生活在其中的这个世界正濒临危险、恐怖无处不在这一主题。在一次采访中，他明确地指出："我认为我的作品受到我们正身处于危险的年代这一事实的影响。如果用一句话来概括，那就是——事实上，我的作品关乎的就是：身处危险的年代（living in dangerous times）。"（Nance）在他的短篇小说中，细心的读者会发现危险和恐怖仍然是他力求表达的重要主题。

第一节　危险、死亡、灾难：恐怖无处不在

《天使埃斯梅拉达：九个故事》全书共分为如下三个部分。第一部分包括《创世》（1979）和《第三次世界大战中的人性》（"Human Moments in World War Ⅲ"，1983）；第二部分包括《跑步者》（"The Runner"，1988）、《象牙杂技师雕像》（"The Ivory Acrobat"，1988）、《天使埃斯梅拉达》（"The Angel Esmeralda"，1994）；第三部分包括《巴德尔-迈因霍夫》（"Baader-Meinhof"，2002）、《陀思妥耶夫斯基笔下的午夜》

（“Midnight in Dostoevsky”，2009）、《锤子和镰刀》（“Hammer and Sickle”，2010）、《消瘦的人》（2011）。不难看出，这些作品大体是根据发表年代的先后安排的。在这些故事里，德里罗向我们展现了一个危机四伏的世界，危险、死亡和灾难似乎成了生活中的组成部分，人们总是隐隐约约地被恐怖的阴影所笼罩。

《巴德尔-迈因霍夫》是全书中表现恐怖主题的代表性作品，它向读者揭示了历史上发生的恐怖事件可能转化成现实生活的危险。故事的标题指的是“巴德尔-迈因霍夫帮”，这是一个活跃于20世纪70年代德意志联邦共和国的左翼激进团伙——红色军团（Red Army Faction，RAF），被政府定性为恐怖组织。红色军团的主要创始人有安德里亚斯·巴德尔（Andreas Baader）、古德伦·恩斯林（Gudrun Ensslin）、霍斯特·马勒（Horst Mahler）和乌尔丽克·迈因霍夫（Ulrike Meinhof）等。其成员大多出身于富裕家庭，受过良好的教育，以年轻知识分子和大学生为主体。他们策划实施了多起血腥的暴力事件，更在1977年制造了历史上的“德意志之秋”（Germany in Autumn）。

1976年5月9日，迈因霍夫因受到其他成员的排斥而忧郁过度，在监狱的牢房里上吊身亡。1977年10月18日，恩斯林、巴德尔、杨-卡尔·拉斯沛（Jan-Carl Raspe）被发现死在监狱的牢房里。官方的结论是自杀，但很多人对这个说法持怀疑态度。十多年过后，德国艺术家格哈德·里希特（Gerhard Richter）根据媒体和警方的相片创作了15幅黑白油画，题名《1977年10月18日》。这组油画最早于1989年在德国公开展出，立刻引起强烈反响。显然，德国民众对这些恐怖分子之死的文化记忆并没有随着时间的流逝而淡忘。1995年，位于纽约的现代艺术博物馆最终购买并收藏了这组油画，并于2000年起对公众开放。

《巴德尔-迈因霍夫》写的是一位年轻的女子在曼哈顿一个美术馆里观看绘画及后来发生的故事。展厅里的组画描绘的正是巴德尔、恩斯林、拉斯沛、迈因霍夫这四人死亡时的情景。虽然小说中没有明确交代，但熟悉联邦德国“红色十年”这段历史和里希特这套组画的读者都能准确无误地辨别出故事就发生在纽约的现代艺术博物馆里[①]。故事中的年轻女子在博物馆的展厅里遇到一位陌生男子，经他主动搭讪，他们开始交谈，然后到外面快餐厅吃饭，最后还来到她的住处，女子差点儿遭到强奸。这个故事的成功之处在于将画面上的恐怖主题与现实生活中潜伏的危险联系起来。女子在内心深处对那四个死去的恐怖分子怀有几分同情，所以连着三天来仔细看这些“模糊不清、没有色彩”的画。她安慰自己，“那幅画里有一种宽恕的意味。那两个男人和一个女人，恐怖分子，还有他们之前的乌尔丽克，也是恐怖分子，并不是不可饶恕”（DeLillo, *AE* 109）。但极具讽刺意味的是，她对恐怖分子的这种同情并没能减少恐怖事件在现实中的发生。在故事中，她把男子带回住所，直接面临着被陌生男子侵犯的危险。而此前她在看画时感叹，“这些画让我感觉到一个人可能会多么的无助”（109），这种情况竟在她自己身上上演了——“除了听和等外，她什么也做不了”（117）。

---

① 对于德里罗而言，现代艺术博物馆是一个有着特殊意义的地方。他的多部作品都是以此为背景的，如2010年出版的小说《欧米伽点》就是以对现代艺术博物馆的一段描写开篇的。

《巴德尔-迈因霍夫》最初发表于2002年4月1日的《纽约客》(*The New Yorker*)杂志上。此时自“9·11”恐怖袭击事件发生过了不到七个月的时间，纽约人心灵上的创伤还远未抚平，恐惧和不安仍然挥之不去。作为一名纽约客，德里罗也罕见地撰写长篇评论文章，反思“9·11”事件给美国带来的影响。2001年12月的《哈珀斯》杂志上刊登了他的长文《在未来的废墟上：九月阴影中恐怖和悲痛的反思》。他沉重地写道：“所有这一切都在9月11日这天改变了。今天，世界的叙事再次属于恐怖分子了。”(DeLillo，“IRF”33)当然，德里罗的《巴德尔-迈因霍夫》显然是借写20世纪70年代德国的恐怖分子来捕捉“9·11”事件之后的纽约人心理上的脆弱状态。有评论者也指出，“标题指向的是格哈德·里希特关于20世纪60年代的德国激进分子的组画，但这个故事却引发了对后‘9·11’氛围的记忆”(Kauffman 353)。故事中的女子就是经历过恐怖袭击后的纽约人的典型代表，过去的恐怖记忆尚未逝去，现实中潜伏的危险又难以避免。在故事的最后，年轻的女子内心对友情的期待已经幻灭，再次回到博物馆展厅里看到的是“葬礼”。

本书中《跑步者》讲述的是一个青年小伙在傍晚时分像往常一样到公园里跑步。接着，他所目睹的是一个发生在当地的日常暴力事件：几个男人开着车冲到城市公园里的草坪上，在光天化日之下把一个小男孩抢走了，而小男孩的母亲因眼前所发生的一幕惊呆了，一句话都说不出来。一位迎面走来的中年妇女跟青年小伙谈起这个事件，她认为抢走小男孩的是孩子的父亲。他因吸毒、不务正业，被警方调查，后来跟妻子分居了。因为监护权的关系，他总是无法跟孩子见面，于是决定把孩子抢走。青年小伙并不认同中年妇女的看法："但你不能肯定他是孩子的父亲，是不是？"后来警方的调查也印证了他的推断，称抢走孩子的"是个陌生男子"。当他跑完步回到公寓大楼前时，他又看到了那个中年妇女。为了让她在自己的想象中找到安慰，他决定不去打破她的幻象，而是对她说："毫无疑问是孩子的父亲……你在公园里说的完全正确。"（DeLillo，*AE* 53）这个故事非常短小，原作只有 7 页，可看作对城市生活的一个速写。有评论者认为这个故事是德里罗长篇小说《天秤星座》（1988）的浓缩版，其真正的主题是围绕在肯尼迪遇刺事件中的阴谋论（Keesey 207）。在这个故事当中，我们能身临其境地感受到危险无处不在，社区不再是安全之地，恐怖就是日常生活的组成部分。

在《象牙杂技师雕像》里，年轻的美国姑娘凯尔（Kyle）在国际社区里的一所小学任教。然而，平静的生活被突如其来的地震完全打乱，她和雅典市民一样，跑到拥挤的街道上，看着人们成群结队地撤离。"他们使劲地按着喇叭。马路沿线都响起了喇叭声，最后导致大家各不相让，集体抵制，陷入绝望。"（DeLillo，*AE* 55）此后，接连不断的余震让凯尔三番五次地在夜里从住处到街道往返奔波。为了应对随时可能发生的余震，凯尔将现金、护照、家书等放进手提包，并把它放在靠近门口的地方，以便紧急逃离，头脑中还不断演练如何逃出去，计算着从桌子到门口有多少步。但文章最后，在最强的余震发生时，她还是忘了在走时拿起放在门口的手提包。她喜爱的一个陶器在第一次地震发生时就在房间里被打碎了。同事埃德蒙（Edmund）为了安慰她，送给了她一个从跳蚤市场买来的象牙小雕像的复制品。这个雕像表现的是古希腊米诺斯艺术中常见的场景——女杂技师抓住公牛的双角，翻腾而过。在地震过后，她与埃德蒙失去了联系，她的自我意识开始与象牙小雕像融为一体，决定无论走到哪里都带着它。1979 年德里罗获得古根海姆奖的资助，前往欧洲，在希腊侨居了 3 年。1981 年 2 月 14 日希腊雅典西部郊区发生里氏 6.7 级地震，造成 20 多人死亡。这个故事在某种程度上是德里罗对那个事件的加工和再创造。在小说里，地震及多次余震是造成恐怖的根源，但人们的谣言同样对恐怖有着影响和催生的作用。

"天使埃斯梅拉达"被作者用作该书的书名，其地位不言而喻。这个发表于 1994 年的短篇小说后来成为长篇小说《地下世界》中的一部分。在纽约布朗斯克南部，有个年老的修女埃德加，她跟年轻的同事格雷西（Gracie）一起从事慈善事业。平时她们开着车，在布朗克斯到处搜寻废弃的汽车，记下车型、发现的时间、地点等信息，然后把清单交给伊斯梅尔（Ismael）。伊斯梅尔及其手下的青年会把这些汽车运回来卖给废金属收购站。每次提交清单后，伊斯梅尔都会付给修女们一些搜寻废车的报酬，用于购买食品。埃德加和格雷西会把买到的食物用汽车运到非法居住者集聚的废弃公寓，分发给那里的穷人和病者。在附近的一个废弃的公寓大楼上有一面空墙。每当邻近地区死了一个小孩儿后，伊斯梅尔和他带领的涂墙队员就会在墙上画一个天使，以示纪念。附近的废墟里住着一个大约 12 岁的女孩子，她的名字叫埃斯梅拉达（Esmeralda）。格雷西三番两次地试图接近她，想把她带出那个地方，转到安全的地方去，都未能成功。埃斯梅拉达习惯于躲避人群，而且跑得很快，也很聪明。最后，不幸的事情还是发生了：埃斯梅拉达被发现死在一个屋顶上，原来她被人强奸了，然后被人从楼上扔了下来。伊斯梅尔的涂墙队员给她画了一个天使，“他们给她画了件粉红色的运动衫、浅绿色的裤子和一双白色的耐克（空中飞人）篮球鞋，商标非常醒目——她是个会跑的傻瓜，所以伊斯梅尔给她画了双跑鞋”（DeLillo，*AE* 92）。

《天使埃斯梅拉达》是该书九个故事中最长的一篇，其情节设置和人物刻画都已非常细致。埃斯梅拉达的死让格雷西悲愤不已，也给年迈的修女埃德加留下了难以愈合的伤痛。埃斯梅拉达生活在文明社会的边缘，修女们知道她会有危险，并为挽救她不断努力，但最后还是只能看着她变成墙上的“天使”。小说将读者带回到了德里罗童年生活的环境，再次提醒我们危险无处不在，进一步凸显了该书中恐怖和死亡的主题。

第二节 “幽闭小屋”中的孤独个体

从《白噪音》中的杰克（Jack）到《地下世界》中的尼克，再到《天秤星座》里的布兰奇，德里罗的作品中反复出现的一个情景，用他自己的话说就是“幽闭小屋中的人”（Passaro 81）。《天使埃斯梅拉达：九个故事》中的这些故事也同样探索着当代美国社会中人们普遍存在的孤独和疏离感。德里罗将作品关注这类主题归因为自己作为一个作家的生活方式——“作家太多的时间是独自一人在房间里度过的”。危机四伏的外部世界促使人们偏安一隅，寄寓在狭小的空间，然后，由此带来的隔绝状态本身也会成为恐怖的一部分，同时也会引发这些孤独个体内心深处的危机感。

该书中的《第三次世界大战中的人性》是一篇带有科幻色彩的故事。一位任务专家与他的助手坐在“战斧Ⅱ”飞船里，在太空执行轨道飞行任务并搜集有关部队部署的情报。他与 23 岁的助手伏尔默(Vollmer)被放置在狭小的飞行舱里，生活几乎全部由例行的检测和模拟发射构成。当他们正在任务控制台上监视数据变化时，一个噪音打断了他们的注意力。在他们向科罗拉多地面控制中心汇报异常后，得到的回答却是“由技术故障造成的选择性噪音”。由于他们与控制中心的观点不同，他们之间的关系随即也变得紧张和不信任起来。后来他们确认听到的是几十年前的广播节目，而就在此时，第三次世界大战爆发了：

> 现在战争爆发了，我们不再是漂浮在陌生环境里精致的生物标本了。敌人可以用他们的光子和介子武器打死我们。我们不再是尴尬死亡的候选人，那种失误或不可预见的事故往往会让一个国家极力做出恰当的回应。作为身处战争中的人，我们肯定，如果我们死了，不会引发沉痛的悲伤。(DeLillo, *AE* 41)

两个封闭于幽闭小屋的“地球来客”就这样漂移在浩瀚的太空中，透过窗外看着地球上的“颜色和一切”。这场战争是要终结宇宙的。当然，这个故事最具悲剧色彩的是那个年老的宇航员。与年轻同伴强烈的自我意识和日渐疏离的状态相比，他在这次的飞行任务中过于压抑自己，只能在黑暗中执行枯燥的操作，而这两个孤独个体之间的张力则是作品主题的关键。

而《陀思妥耶夫斯基笔下的午夜》勾勒的是一位寄居在上州小镇的老人的生活侧面。托德（Todd）和罗比（Robby）是两个忧郁的男生。他们就读的学院地处偏僻的小镇，交通不便，又时值寒冬，所以他们经常在课余到附近的社区散步。他们之间谈论得最多的是一位孤独的老人。这位老人经常出现在他们散步的路上，穿着一件带帽子的大衣。围绕他的身世、生活、遭遇，他们进行了执着的观察并展开了丰富的想象。"他来自欧洲的什么地方。他们把他接过来的。他无法照顾好自己。他妻子死了。那两个老年人想待在他们居住的地方，但后来他妻子死了。"（DeLillo，*AE* 127）他们还在老人可能居住的房屋前驻足，想象他孤独的生活图景："他独自待在他的小房间里，坐在一张狭窄的床上，穿着长长的内衣，呆呆地望着。"他们还推测这个老人是俄罗斯人，可能就是他们的逻辑学教授的父亲，因为教授正在读陀思妥耶夫斯基的作品。故事的标题"陀思妥耶夫斯基笔下的午夜"是一首诗里的诗句，文中对话里曾提到过，包含故事中人物命运的孤独的绝望。小说的基本色彩是压抑的，寒冷的冬季、狭小的房间、孤独的老人、离奇的失踪，构成了一个充满悲伤、恐惧的世界。

在《消瘦的人》当中，一个名叫利奥（Leo）的中年男人离婚后仍然与前妻住在同一间公寓里。他提前退休后的生活就是每天穿梭于曼哈顿的各个电影院，一部接着一部电影看。他到电影院是去看电影，但更确切地说，就是为了坐在电影院里。他几乎没有生活来源，靠前妻并不稳定的工作收入来维持开支，生活相当窘迫。“他们在结婚五六年后离婚了，但仍旧住在同一间公寓，公寓是她租的，在三楼，没有电梯，大小差不多够了，隔壁有只汪汪乱叫的小狗。”（DeLillo，*AE* 183）他每晚拖着疲惫的身躯爬楼梯回家，每每走到同一个位置时，眼睛里会看到前一晚的自己正抬起脚步。不知怎的，他对另一位也整天赶往各个影院的女人产生了强烈的兴趣。他无法自拔，千方百计地靠近她，甚至还跟踪她。他跟着她从一个影院赶往另一个影院，跟着她回家，最后跟着她走进女厕所，向她袒露心声，任由思绪四处漂浮，发表了长达500多字的内心独白。这个非常瘦弱的女人成为利奥追寻的对象，利奥给她取名叫作“消瘦的人”。这个性格孤僻、行为古怪的中年男人看似有些疯狂，实则深受生活和环境的层层重压，失去了精神上的平衡。拮据的条件、狭小的空间、毫无尊严的生活让他曾经的激情丧失殆尽，走向了自我否定。前妻认为他是个禁欲苦修的人，其所作所为里有一些圣徒般的狂热、一种自我否定的倾向、一种自我惩罚的倾向，但他无法像海明威笔下的人物那样展现“重压下的风采”，只能从电影当中以及同样常看电影的人（moviegoer）那里获取安慰。

这些众多“幽闭小屋中的人”成为了德里罗笔下人物画廊中的重要代表。他们身上体现了后现代社会中普遍存在的孤独感和异化感。无论是太空飞船里的年轻人，还是穿梭于曼哈顿各个电影院的中年人，他们大多与外界相隔绝，寄寓在幽闭的空间里，经历着精神上的失落。于是，内心的危机感和外部充满敌意的环境共同将他们置入危险的状态。如果无法重构精神上的平衡，恐怖也可能来自自己的内心。

第三节 简约语言与恐怖美学

德里罗是一位有意识地对语言本身进行深思的作家。他曾于不同的场合先后表达过语言在其创作活动中的中心地位，比如“整个事情的关键就是语言”；“在所有东西之前的，就是语言”；“超越言语的语言”；等等。在后现代主义学者布莱恩·麦克黑尔（Brian McHale）看来，这种对本体论的强调就是后现代主义美学的一个主要的要素（转引自 Cowart, *The Physics of Language* 3）。

在创作当中，德里罗自称受到语言的驱使，试图在文字中创造一种融视觉、听觉、意义为一体的多重效果。德里罗的语言含蓄、硬朗、冷静、简约。他独特的语言风格与其力图表达的恐怖主题非常契合地融为一体。当谈论到他的第二部长篇小说《球门区》时，他曾说：“我开始怀疑在我的作品中语言既是主题又是工具。”(Cowart, “DeLillo and the Power of Language” 151)这个评价同样也适用于他的短篇小说。比起《地下世界》《天秤星座》等鸿篇巨制，德里罗的短篇小说大都十分简短和紧凑，甚至带有极简主义（minimalism）的色彩。

为了营造某种特殊的氛围或者描写复杂的心理状态，德里罗充分发挥自己特有的朴实、清晰、简练语言的潜能，细致刻画当代美国社会生活中一个个脆弱的个体。在《天使埃斯梅拉达：九个故事》第一个故事《创造》中，一对美国夫妇在加勒比海某个偏远的热带小岛上度假，不料因为航班取消和信息闭塞而被困在那个小岛。他们多次往返酒店和机场，在万般焦虑中却只等到一个座位，另外一人必须继续绝望地等下去。因妻子要赶回美国，丈夫让妻子先走：

> "这是机场交税要的钱。他们只给我们留了一个座位。你要是不走就太傻了。"
>
> "但是我们说好了的。"
>
> "你要是不走就太傻了。"
>
> "我不喜欢这样走。"
>
> "你不会有事儿的。"
>
> "那你呢？"
>
> "我会娶个本地的女人，然后学会画画。"
>
> "我们可以包机。我们试试吧，哪怕只有我们两个人包机。"
>
> "毫无希望。这里什么都行不通。"
>
> "我不喜欢这样走。太糟糕了。我不想走了。"
>
> "亲爱的吉尔……"我说道。（DeLillo，*AE* 12）

连日来被困于此的遭遇已让二人变得不可分割，妻子无法接受独自离开，但不得不接受现实。在妻子离开后，男子与一名被困的欧洲女子在这种特殊条件下产生了暧昧的关系，但他心里更多的还是对她的同情。相似的境况和共同的愿望使二人走近，他开始猜想她的身世和背景："她是个在生活中遇到不幸的女人，可能是一次失败且挥之不去的婚姻，或者遭遇亲友的死去。”（14-15）在故事的最后，他们的航班再一次被取消了，他陷入极度的恐惧和绝望之中，不知如何跟她交待。“但当我开始跟她讲的时候，我意识到这些策略都毫无意义。她听着听着，脸色渐渐麻木。所有的自我正在经历内心的崩溃。她什么也听不进去，一动不动。”（22）这种带有几分干涩的语言正好反映了人物希望破灭、郁结于心的境遇，揭示出当代人的脆弱，即使是这些富人也不例外。

德里罗在语言的运用上非常仔细，善于在语言和故事之间建立一种叙事的张力。在《象牙杂技师雕像》的开篇，作家用冷峻的笔调向读者描绘了一幅地震发生后的灾情图：

> 事发过后，她站在拥挤的街道上，听见所有人都在议论纷纷，人声嘈杂。她听见林荫大道上，远处的汽车第一次发出的喇叭声。人们彼此仔细打量，以比较各自不同的反应。她看到他们在大街上搜寻着熟悉的面孔、某人幸免于难的迹象。……每个人都在谈论。（DeLillo，*AE* 55）

在这里，夜晚街道上人们死里逃生的庆幸和凯尔惊慌失措的神态、忐忑不安的心情被德里罗准确地捕捉到了。他使用的语言是经过精心选择和安排的，一句“事发过后”就把眼前的惨状轻描淡写了，没有一开始就交代发生了重大事故。只有读到后来，我们才知道雅典遭受了地震的袭击。而“听见所有人都在议论纷纷，人声嘈杂”则表明虽然身在雅典的美国女青年凯尔听见街上的人们都在谈论，但她似乎没有听懂人们谈论的具体内容。我们不难觉察到凯尔与当地的希腊人之间还是存在不少隔阂。在地震发生、余震随时再度来临的背景下，她的那种孤独、无助、惊恐才会更加打动读者的心。这种文字上的平静和人物内心的紧张不安可以形成一种张力。在某种程度上，冷峻、硬朗的文字使危险和恐怖变得更为扣人心弦。

德里罗短篇小说中的语言有其内在的节奏，舒缓而沉稳。在描写紧张和危机的时刻时，能更加突显这种反差。如在上文讲到的《巴德尔-迈因霍夫》中，陌生的男人和年轻女子在她的房间里独处时，她随时可能遭到侵害，情势非常危险。作家是这样来表现她的行动和内心的：

> 她朝卫生间走去。她不知道该怎么办。她沿着墙走，低着头，盲目地走着，然后走进卫生间。她关上门但不敢把门锁上。她想那样会激怒他，惹得他做出什么事来，摔坏什么东西，那样更糟。她没有把门栓插上。她决定不这样做，除非她听到他朝卫生间走过来。她认为他没有走动。她确定，几乎确定他正站在咖啡桌旁。（DeLillo，*AE* 116）

在这种万分危急的关头，她所有的决定都必须在瞬间做出。作家使用了较多的短句，也不忌讳大量重复同一个人称代词。这些都是为烘托出当时紧张和危急的气氛。虽然这段文字表面上依然是平静的，但是读者读的时候内心绝对不平静，会跟年轻的女子一样紧张和担心。有评论者指出：“当那个男人拒绝离开她的住所的时候，这种无助的感觉转化成了真实的状态。德里罗将这整个事件呈现为一个语言的问题。”（Crawford 227）的确，这种简约、平静、有控制的语言使得原本危险的场面更加令人惊恐和焦虑。

第四节 短篇小说与记忆载体

作为一种文学体裁，短篇小说长期以来一直处于长篇小说的阴影之下。比起长篇小说的宏大、复杂和深邃，短篇小说似乎有着先天的不足。它在经历了短暂的繁荣之后便很快走向式微，如今已难免显得有些落寞。有评论者甚至发出感叹，短篇小说的黄金时代（19 世纪）已经一去不复返了。但近年来，这一状况似乎正在发生转变。2013 年 10 月 10 日，瑞典文学院正式宣布将当年的诺贝尔文学奖颁给 82 岁的加拿大著名作家爱丽丝·门罗（Alice Munro），称赞她为“当代短篇小说大师”。门罗在长达 40 多年的创作生涯中专注于短篇小说创作，出版了 14 部短篇小说集，被誉为“当代契诃夫”。从某种程度上说，门罗的获奖标志了短篇小说向主流文学的回归。在学术界，关于短篇小说的研究和译介也日趋活跃。

“短篇小说”作为一种文类概念，区别于一般意义上的短篇故事，在美国文学史上有着明确的开端。爱伦·坡是最早将短篇小说作为一种独立的艺术形式来加以界定的批评家。他在 1842 年为霍桑的《尽人皆知的故事》（*Twice-Told Tales*）

所写的评论文章中，从读者效果的角度，提出了著名的以统一的效果（the effect of totality）使读者产生单纯感应的短篇小说理论（Lawrence 274）。由此可见，短篇小说与长篇小说的区别绝不仅是篇幅，而是有其自身的特点和体裁规范。现代短篇小说诞生于英国，在 19 世纪 50 年代走向繁荣，其黄金年代是 19 世纪。

早在 20 世纪 60 年代，德里罗就开始发表短篇小说。他发表的第一篇短篇小说是刊登在《纪元》杂志上的《约旦河》（Keesey 204）。他在 20 世纪六七十年代发表的这些短篇故事大多充满实验性，但其中一贯的主题仍是暴力、危机和恐怖。《天使埃斯梅拉达：九个故事》中集聚了德里罗在长达 40 多年的写作生涯中创作的短篇小说佳作。该书在 2011 年一经推出，便好评如潮。英国著名作家马丁·艾米斯在《纽约客》上为其撰写了评论，将德里罗称为“恐怖的桂冠（the laureate of terror）、现代或后现代的恐怖，以及恐怖在我们潜意识中徘徊和闪烁的方式”（Amis “Laureate of Terror” 123）。跟德里罗的长篇小说一样，他的短篇小说也忠实地反映了他始终关注的一个焦点，即我们“身处危险的年代”。

收录在该书中的短篇小说大多发表于《纽约客》、《哈珀斯》、《绅士》（*Esquire*）等重要文学杂志上，它们拥有大量的订阅用户和稳定的读者对象。比起德里罗的长篇小说，这些短篇小说以更为自由、灵活、凝练的方式捕捉和记录了当代美国社会中不同个体的种种经历，并通过杂志广泛发行的这种方式对读者大众的记忆生成产生广泛的影响。因其独特的发行方式，我们也许可以说，短篇小说在影响读者对过去记忆的形成和重构方面具有与长篇小说相比更为有利的条件。

《天使埃斯梅拉达：九个故事》收录的九个故事从不同角度表现了德里罗自 20 世纪 70 年代末到 21 世纪前 10 年间对生存和恐怖的深刻思考，以其敏锐的观察和独特的想象再现了日常生活中潜伏的危险和恐怖时刻，成为战后美国文化记忆的一个重要载体。

结　语

“小说就是让事情再经历一遍”

自 20 世纪 60 年代以来，随着后结构主义、解构主义、新历史主义、后现代主义等理论的兴起和电子储存技术（人造的记忆）的发展，人们对历史的观念在这些新思潮、新技术的冲击下已经发生了根本性的变化。近年来，学术界对记忆重新产生了浓厚的兴趣，结果是我们对记忆的认识不断深化，同时也对其产生了质疑。正如有学者指出，“在后现代时代，记忆成为了一个问题，这是因为我们对曾经维系我们的集体记忆正日益失去依恋这一趋势产生了焦虑”（Hutton 71）。不仅真实与虚构、历史与文学之间的界限不再分明，而且过去与现在、历史与记忆之间的关系也变得模糊。著名文化历史学者和文学批评家胡伊森曾指出，“今天的历史记忆已经不是过去的样子了……未经叙述过的、新近的或者不那么新近的过去，通过诸如摄影、电影、录音、互联网等现代复制媒介，历史著作的激增，以及日益饥渴的博物馆文化，与现在发生了冲撞。过去正在以几个世纪前无法想象的方式成为现在的一部分”（Huyssen 1）。过去，人们习惯上把历史看作客观的、科学的，记忆是主观的、个人的。而现在，这种认识遭遇根本性的动摇。因此，这会导致所谓的“历史的危机”。而关注“过去存在于现在”（the presence of the past in the present）这一重要学术问题的“文化记忆”理论，正是把在社会文化语境中重新审视过去与现在的关系作为自己的主要研究对象。

在新的历史和政治条件下，20世纪八九十年代德国学者扬·阿斯曼和阿莱达·阿斯曼夫妇，在法国社会学家莫里斯·哈布瓦赫提出的“集体记忆”概念基础上，提出了“文化记忆”这个重要概念，从而进一步拓展了记忆研究的范畴。扬·阿斯曼的文化记忆理论使得对记忆的研究从长久以来的“生物学、心理学”视角拓展到“社会学、人文科学”的阐释框架之下。以文字、仪式、纪念碑、文学作品等文化形式作为主要媒介的文化记忆，不仅有助于“身份的凝结”，而且具有“重构的能力”。文化记忆理论对那些由重大的历史事件催生出的有鲜明现实指向的文学作品具有突出的阐释效力。扬·阿斯曼认为，“对于文化记忆来说，重要的不是有据可查的历史，而是被回忆的历史”（扬·阿斯曼 46）。在《文化记忆研究指南》（*A Companion to Cultural Memory Studies*, 2010）中，埃尔将“文化记忆”视为“现在与过去在社会文化语境中的相互作用”（Erll 2）。这里的相互作用主要是指，一方面过去对现在的行为具有影响力，另一方面现在又决定了我们对过去的理解。在本书中，我们主要以埃尔关于“文化记忆”的定义为参考框架，在比较宽泛的意义上讨论文学书写在文化记忆构建当中的作用。

在传统的观念中，文学只被视为文化的一部分和记忆保存的一种手段。在这种观念当中，文学是被动地作为记忆的载体（carrier）。而在文化记忆的视角下，我们还看到文学能主动地参与记忆形成和重建，因为书写本身就是一种记忆行为。正如德国学者雷娜特·拉赫曼（Renate Lachmann）所指出，“文学是文化的记忆，不仅是一种简单的记录手法，而且也是众多的纪念行动之一……写作既是一种记忆行为，也是一种新的阐释”（Lachmann 301）。在记忆的形成和身份的建构过程中，文学可以影响记忆生成的其他因素，并发挥不可替代的作用。在诺伊曼看来，“因为文学和记忆文化的其他系统交织在一起，它不仅借用了现存的话语系统，而且它的所处的位置还影响了这些系统”（Neumann 341）。

作为一位非常关注美国历史和文化的当代著名小说家，德里罗在其众多作品中尤其表现了他对战后美国的冷峻观察和深刻反思。本书选取了德里罗的《天秤星座》《地下世界》《坠落的人》三部长篇小说和他迄今唯一出版的一部短篇小说集《天使埃斯梅拉达：九个故事》作为研究对象。评论家们历来把德里罗视为美国后现代小说家的代表性人物。从形式和美学的角度来看，在上述四部作品当中，时间是一个非常重要的问题，在叙述的过去和经历的过去之间形成一种张力。小说的自我指涉性使得回忆的过程与虚构的过程相互交叉和重叠。然而，这些作品本身就是作家个人记忆和想象的产物。从文化记忆的视角来看，在德里罗的笔下，一方面肯尼迪遇刺时的创伤时刻、冷战时期的剑拔弩张、“9·11”事件后的震惊与惶惑、日常生活中的危机四伏等这些美国战后历史上的重要事件被重新带回到公众的视野，激活了与之相关的记忆；另一方面，针对官方、主流媒体因政治需要营造出来的所谓真相，德里罗的小说采取反官方、反叙事等策略试图打破现存话语，以批判和反思性的态度参与战后美国文化记忆的构建。

对于作家而言，重大的历史事件总是带有某种巨大的吸引力。在一篇题为《历史的力量》（“The Power of History”，1991）文章中，德里罗曾写道：“遗忘的历史变成了小说中细致的编织物。小说就是让事情再经历一次（Fiction is all about reliving things）。这是我们的第二次机会。”（DeLillo，“The Power of History” 63）过去的事件已经经历了一次，文学能以自身的方式让它“再经历”一次，并打上作家的个人意识和时代需求的烙印。从某种意义上说，德里罗的这些小说可以被看作战后美国历史的一种重写本（palimpsest）。原有的文本（记忆）被擦去，以便写上新的文本（记忆），旧的痕迹和新的内容形成一种彼此反映的关系。德里罗的小说和其他反映战后美国历史的媒介（如摄影、电影等）形成一种对话和互文关系。与沟通记忆（交往记忆）不同的是，文化记忆具有突出的体制性、专业性和持久性。德里罗的小说还和其他专门的机构（如纪念馆、博物馆、遗址等）一起构成战后美国历史的记忆场。

本书将德里罗的小说置入战后美国历史及其文化记忆建构的视域当中，考察《天秤星座》《地下世界》《坠落的人》《天使埃斯梅拉达：九个故事》这四部作品分别对肯尼迪总统遇刺、冷战期间苏联原子弹试验、“9·11”恐怖袭击事件等标志性历史事件的文学再现，探讨德里罗对美国战后历史的反思和对意识形态的重新审视，并以此透视当代美国的政治氛围和社会心理。在理论阐释和文本分析的基础上，本书指出德里罗的这些以历史事件为题材的小说具有双重属性：它们一方面再现了特定政治氛围、唤起大众的历史记忆；另一方面又发出了官方叙事之外的声音，以反思性和批判性的态度参与了战后美国文化记忆的建构。

二战以后，美国取代了英国的强权地位并迅速崛起成为新的世界霸主。20 世纪后半叶，在经历了长达数十年的“冷战”和全球化这两个影响世界格局的重大事件以后，美国继续保持着其超级大国的影响力。但因其国内长期存在的党派斗争、种族歧视、贫富差距、社会分裂等社会痼疾和频频对外发动战争，如朝鲜战争、越南战争、第一次海湾战争、伊拉克战争、阿富汗战争等，美国的实际影响力和其在世界上的形象已经发生了深刻的变化。实际上，历史、文学和记忆这三者之间紧密相连、相辅相成，共同储存过去、抗拒遗忘。如何通过文学和历史重构战后美国的文化记忆，全面、客观、深层次地认识美国战后至今的发展演变是一个具有重要的理论和现实意义的课题。因此，作为官方之外的一种声音，德里罗的小说作品对我们理性认清美国当前的思维方式和战略选择，以及通过文学和文化透析当代美国社会具有重要的参考价值。

参考文献

阿莱达·阿斯曼：《回忆有多真实？》//《社会记忆：历史、回忆、传承》，哈拉尔德·韦尔策编，季斌、王立君、白锡堃译，北京：北京大学出版社，2007年，第57-74页。

安婕：《“坠落的人”与生命政治的主体形象》，《外国文学》2018年第4期，第124-133页。

安帅：《历史的棋局、空间的游戏——〈天秤星座〉中的隐性进程》，《外国文学研究》2019年第1期，第28-37页。

程朝翔：《理论之后，哲学登场：西方文学理论发展新趋势》，《外国文学评论》2014年第4期，第221-238页。

冯亚琳、阿斯特莉特·埃尔主编：《文化记忆理论读本》，北京：北京大学出版社，2012年。

冯亚琳等：《德语文学中的文化记忆与民族价值观》，北京：中国社会科学出版社，2013年。

高继海：《历史小说的三种表现形态：论传统、现代、后现代历史小说》，《英美文学研究论丛》(第5辑)，2006年，第1-15页。

李楠：《植物、沙漠与生命：论德里罗的〈千穗谷〉》，《外国文学》2020年第2期，第56-65页。

皮埃尔·诺拉主编：《记忆之场：法国国民意识的文化社会史》，黄艳红等译，南京：南京大学出版社，2015年。

朴玉：《多重记忆书写——论约瑟夫·奥尼尔的〈地之国〉》，《当代外国文学》2012年第4期，第87-96页。

盛宁：《“理论热”的消退与文学理论研究的出路》，《南京大学学报》(哲学、人文科学、社会科学）2007 年第 1 期，第 57-71 页。

王德威：《历史迷魅与文学记忆——〈现代中国小说十讲〉序》，《当代作家评论》2004 年第 1 期，第 9-11 页。

王逢振：《"理论过剩"说质疑》，《文艺研究》2005 年第 11 期，第 18-23 页。

王宁：《"后理论时代"西方理论思潮的走向》，《外国文学》2005 年第 3 期，第 30-39 页。

阎嘉：《21 世纪西方文学理论和批评的走向与问题》，《文艺理论研究》2007 年第 1 期，第 90-96 页。

扬·阿斯曼：《文化记忆：早期高级文化中的文字、回忆和政治身份》，金寿福、黄晓晨译，北京：北京大学出版社，2015 年。

印芝虹：《悖之痛——高墙下的集体记忆》，《当代外国文学》2011 年第 4 期，第 128-137 页。

余华等：《文学：想象、记忆与经验》，上海：复旦大学出版社，2011 年。

张隆溪：《文学理论的兴衰》，《书屋》2008 年第 4 期，第 54-58 页。

赵毅衡：《重访新批评》，成都：四川文艺出版社，2013 年。

朱刚：《批评理论的今天和明天：李奇教授访谈录》，《外国文学研究》2009 年第 5 期，第 1-9 页。

朱荣华：《唐·德里罗小说中的后现代伦理意识研究》，北京：中国社会科学出版社，2018 年。

"In Don DeLillo's 'Angel,' Stories of America Alone." *All Things Considered*. NPR. November 14, 2011. Radio.

Adorno, Theodor W. *Prisms*. Trans. Samuel and Shierry Weber. Cambridge, MA: The MIT Press, 1997.

Amis, Martin. "Survivors of the Cold War". *New York Times Book Review*, Oct. 5, 1997: 12-13.

Amis, Martin. "Laureate of Terror: Don DeLillo's Prophetic Soul". *The New Yorker*, 21 November 2011: 122-126.

Assmann, Jan. "Collective Memory and Cultural Identity." *New German Critique* 65(1995): 125-133.

Baudrillard, Jean. *Simulations*. Trans. Paul Foss, Paul Patton and Philip Beitchman. New York: Semiotext[e], 1983.

Bercovitch, Sacvan. Introduction. *The Cambridge History of American Literature*. Vol. 1. Eds. Sacvan Bercovitch and Cyrus R. K. Patell. New York: Cambridge

UP, 1994: 1-9.

Bloom, Harold. "Dumbing Down American Readers." *The Boston Globe* Sept. 24, 2003. http://archive.boston.com/news/globe/editorial_opinion/oped/articles/2003/09/24/dumbing_down_american_readers/.

Caruth, Cathy, ed. *Trauma: Explorations in Memory*. Baltimore: The Johns Hopkins UP, 1995.

Chen, Junsong. "Keeping Fiction Alive: An Interview with Don DeLillo." *Foreign Literature Studies* 1(2010): 1-11.

Connerton, Paul. *How Societies Remember*. Cambridge: Cambridge UP, 1989.

Cowart, David. "DeLillo and the Power of Language." *The Cambridge Companion to Don DeLillo*. Ed. John N. Duvall. Cambridge: Cambridge UP, 2008.

---. *Don DeLillo: The Physics of Language*. Athens: The U of Georgia P, 2002.

Crawford, Karin L. "Gender and Terror in Gerhard Richter's October 18, 1977 and Don DeLillo's 'Baader-Meinhof'." *New German Critique* 36.2(Summer 2009): 207-230.

Culler, Jonathan. *Literary Theory: A Very Short Introduction*. Oxford: Oxford UP, 1997.

DeCurtis, Anthony. "'An Outsider in This Society: An Interview with Don DeLillo'." DeCurtis 52-74.

DeLillo, Don. "American Blood: A Journey Through the Labyrinth of Dallas and JFK." *Rolling Stone* 8 Dec. 1983: 21-28, 74.

---. *Falling Man*. New York: Scribner, 2007.

---. "In the Ruins of the Future: Reflections on Terror and Loss in the Shadow of September." *Harper's Magazine* (December 2001): 33-40.

---. *Libra*. New York: Viking Penguin Inc., 1988.

---. "The Power of History." *New York Times Magazine* (Sept. 7, 1991): 60-63.

---. *The Angel Esmeralda: Nine Stories*. New York: Scribner, 2011.

---. *Underworld*. New York: Scribner, 1997.

DePeitro, Thomas, ed. *Conversations with Don DeLillo*. Jackson: UP of Mississippi, 2005.

Duvall, John N. *The Cambridge Companion to Don DeLillo*. Cambridge: Cambridge UP, 2008.

---. "Introduction: The Power of History and the Persistence of Mystery." Duvall:

1-10.

Eagleton, Terry. *After Theory*. London: Penguin, 2003.

Emerson, Ralph Waldo. *Ralph Waldo Emerson: The Major Poetry*. Ed. Albert J. Von Frank. Cambridge, Massachusetts: The Belknap Press of Harvard UP, 2015.

Engler, Bernd and Kurt Müller. Preface. *Historiographic Metafiction in Modern American and Canadian Literature*. Ed. Bernd Engler and Kurt Müller. Paderborn: Ferdinard Schöningh, 1994.

Erll, Astrid and Ansgar Nünning, eds. *A Companion to Cultural Memory Studies*. Berlin/New York: De Gruyter, 2010.

Erll, Astrid. "Cultural Memory Studies: An Introduction." *A Companion to Cultural Memory Studies*. Eds. Astrid Erll and Ansgar Nünning. Berlin: De Gruyter, 2010: 1-15.

Fitzpatrick, Kathleen. "The Unmaking of History: Baseball, Cold War, and Underworld." *Underwords: Perspectives on Don DeLillo's Underworld*. Eds. Joseph Dewey, Steven G. Kellman and Irving Malin. Newark: U of Delaware P, 2002.

Ford, Gerald. *President John F. Kennedy: Assassination Report of the Warren Commission.* Nashville, TN: The FlatSigned Press, 2004.

Gaddis, John Levis. *The Cold War: A New History*. New York: Penguin Book, 2005.

Halbwachs, Maurice. *On Collective Memory*. Trans. Lewis A. Coser. Chicago: The U of Chicago P, 1992.

Holland, Max. "John F.: Assassination of." *Reader's Guide to American History*. Ed. Peter J. Parish. Chicago: Pitzroy Dearborn Publishers, 1997: 377-378.

Hutcheon, Linda. *A Poetics of Postmodernism: History, Theory, Fiction.* London and New York: Routledge, 1985.

Hutton, Patrick. *History as an Art of Memory*. Hanover, N. H.: UP of New England, 1993.

Huyssen, Andreas. *Present Pasts: Urban Palimpsests and the Politics of Memory*. Stanford, California: Stanford UP, 2003.

Kauffman, Linda S. "The Wake of Terror: Don DeLillo's 'In the Ruins of the Future,' 'Baader-Meinhof,' and *Falling Man*." *Modern Fiction Studies*, 54.2 (Summer 2008): 353-377.

Keesey, Douglas. *Don DeLillo*. New York: Twayne Publishers, 1993.

Kellman, Steven G. "Don DeLillo 1936-." *American Writers, Supplement 6*. Ed. Jay Parini. New York: Charles Scribner's Sons, 2001: 1-18.

Knapp, Samuel L. *Lectures on American Literature, With Remarks on Some Passages of American History*. New York: Elam Bliss, 1829.

Knight, Peter. "DeLillo, Postmodernism, Postmodernity." *The Cambridge Companion to Don DeLillo*. Ed. John N. Duvall. Cambridge: Cambridge UP, 2008.

Lachmann, Renate. "Mnemonic and Intertextual Aspects of Literature." Erll and Nünning: 301-310.

Lawrence, James Cooper. "A Theory of the Short Story." *The North American Review* 205.735(1917): 274-286.

Leitch, Vincent B. *Literary Criticism in the 21st Century: Theory Renaissance*. London: Bloomsbury, 2014.

Lyotard, Jean- François. *The Postmodern Condition: A Report on Knowledge*. Trans. Bennington, Geoff and Brian Massumi. Minneapolis: U of Minnesota P, 1984.

Millard, Kenneth. *Contemporary American Fiction: An Introduction to American Fiction Since 1970*. Oxford: Oxford UP, 2000.

Nance, Kevin. "Living in Dangerous Times: Don DeLillo, Winner of the Carl Sandburg Literary Award Discusses His Craft and Influences." *Chicago Tribune* (12 October 2012): Lifestyles.

Neumann, Birgit. "The Literary Representation of Memory." *A Companion to Cultural Memory Studies*. Ed. Astrid Erll and Ansgar Nünning. Berlin: De Gruyter, 2010: 333-343.

Nora, Pierre. "Between Memory and History: Les Lieux de Memoire." *Representations* 26 (Spring, 1989): 7-25.

Olster, Stacey, ed. *Don DeLillo: Mao II, Underworld, Falling Man*. London: Continuum, 2011.

Passaro, Vince. "Dangerous Don DeLillo." DePietro: 75-85.

President's Commission on the Assassination. *The Warren Commission Report: Report of the President's Commission on the Assassination of President John F. Kennedy*. New York: St. Martin's Griffin, 1992.

Renker, Elizabeth. *The Origins of American Literature Studies: An Institutional History*. New York: Cambridge UP, 2007.

Richardson, Robert D. Jr. *Emerson: The Mind on Fire*. Berkeley: U of California P, 1995.

Rosenbaum, Thane. "Art and Atrocity in a Post-9/11 World." *Jewish American and Holocaust Literature: Representation in the Postmodern World*. Ed. Alan L. Berger and Gloria L. Cronin. Albany, NY: State U of New York P, 2004: 125-136.

Roth, Michael S. *Memory, Trauma, and History*. New York: Columbia UP, 2012.

Ruppersburg, Hugh and Tim Engles, eds. *Critical Essays on Don DeLillo*. Boston: G. K. Hall, 2000.

---. Introduction. *Critical Essays on Don DeLillo*. Eds. Ruppersburg and Engles. New York: G. K. Hall & Co., 2000: 1-27.

Rushdie, Salman. *Imaginary Homeland: Essays and Criticism 1981-1991*. New York: Penguin, 1991.

Shockley, Martin Staples. "American Literature in American Education." *College English* 8.1(1946): 23-30.

Shumway, David. *Creating American Civilization: A Genealogy of American Literature as an Academic Discipline*. Minneapolis: U of Minnesota P, 1994.

Spencer, Lauren. *The Assassination of John F. Kennedy*. New York: Rosen Publishing Group, 2002.

Spiller, Robert E., et al., eds. *Literary History of the United States*. 3 Vols. New York: Macmillan, 1948.

Updike, John. *Rabbit at Rest*. New York: Random House, 2012.

Veggian, Henry. *Understanding Don DeLillo*. Columbia, South Carolina: The U of South Carolina P, 2015.

Vonnegut, Kurt. *Slaughterhouse Five*. New York: A Dial Press Trade Paperback Book, 2005.

Waldron, Lamar and Thom Hartman. *Legacy of Secrecy: The Long Shadow of the JFK Assassination*. Berkeley, CA: Counterpoint, 2008.

Wendell, Barrett. *Literary History of America*. 4th ed. New York: Scribner, 1905.

Wilde, Alan. *Middle Grounds: Studies in Contemporary American Fiction*. Philadelphia: U of Pennsylvania P, 1988.

附录 1：让小说永葆生命力：唐·德里罗访谈录*

陈俊松

内容提要：随着 2007 年《坠落的人》的出版，德里罗至今已发表 17 部长篇小说，成为当代美国最重要的后现代作家之一。作为一名严肃的作家，德里罗在作品中一直突出地关注历史、政治和当代美国的文化危机。德里罗的作品也因此屡获大奖，其《白噪音》（1985 年）获得美国国家图书奖、《遁世作家》（1991 年）获得福克纳/笔会奖、《地下世界》（1997 年）获得美国艺术与文学学院颁发的威廉·迪恩·豪威尔斯奖章。1999 年，德里罗成为美国第一位获得“耶路撒冷文学奖”的作家，该奖专门表彰那些在作品中表达个人自由主题的作家。本刊特约记者陈俊松于 2009 年 3 月对德里罗先生进行了采访。在访谈中，德里罗结合自己的主要小说作品，阐

* 本文原发表于《外国文学研究》2010 年第 1 期，标题为“Keeping Fiction Alive: An Interview with Don DeLillo”。原文为英文，现由陈俊松、张雅君翻译为中文。

述了其美学思想和作品中一贯关注的主题。尽管评论界普遍认为德里罗是美国后现代主义的代表作家，他本人却视自己为一个现代主义作家，与乔伊斯、福克纳、约翰·多斯·帕索斯（John Dos Passos）等作家一脉相承。在创作中，他自称受到语言的驱使，试图在文字中创造一种融视觉、听觉、意义为一体的多重效果。德里罗既寄身其中又置身其外，这种独特的视角让他能敏锐地意识到我们正处在一个充满危机的时代，恐怖无处不在。同时，作为一名社会批评家，德里罗将生活在社会边缘视为作家的一种特权。在他看来，一个作家越是边缘化，他的作品就越显得重要，因为他最终的目标是让小说永葆生命力。

关键词：唐·德里罗；小说；历史；恐怖；语言的美质

在美国做访问学者的陈俊松（以下简称“陈”）以《外国文学研究》杂志特约记者的身份，在纽约市的现代艺术博物馆里采访了唐·德里罗先生（以下简称“德里罗”）。

1. 唐·德里罗在中国学界的接受

陈：在正式采访之前，我想简要谈谈您的作品在中国的接受情况。首先，令人欣喜的是，您的三部主要作品《名字》（1982）、《白噪音》（1985）以及《天秤星座》（1988）都有中文译本出版。据我所知，您的其他作品的中文译本也将陆续出版。

在中国高校的当代美国文学课堂上，您的《白噪音》以及其他代表性作品已被列为大学生的必读书目。《白噪音》这本书也是中国评论家们研究得最多的作品。他们从多种不同的角度试图对其进行解读，包括后现代主义、生态批评、消费主义、米哈伊尔·巴赫金（Michael Bakhtin）的社会文化符号学、恐怖主义诗学、荣格的集体无意识等等，这只是其中最重要的几个方面。

值得注意的是，评论家们已开始对您所有的主要作品进行综合性的研究，包括《白噪音》、《天秤星座》、《遁世作家》（1991）、《地下世界》（1997）、《身体艺术家》（*The Body Artist* 2001）、《大都会》（2003）和您的新作《坠落的人》（2007）。例如，有些学者探究您早期作品中的死亡主题，而另一些学者则着眼于《天秤星座》中的元小说特征。简言之，中国学者已基本达成这样一种共识：您是当代美国文坛最严肃和最重要的小说家之一。所以，祝贺您！

德里罗：非常感谢你告诉我这些。我的作品的中译本我都已收到，我期待看到更多中译本的出版。

陈：关于您的作品在中国是如何被解读的，您有跟中国学者交流过吗？

德里罗：多年以前我和一位正在讲授我作品的中国学者有过一次简短的交流——大概是十年前的事情了，自那之后就再也没有了。

2. 唐·德里罗的主要作品、关注的焦点、主题和诗学

陈：您曾经说过：“当《美国志》写到一半时，一个想法突然闪现在我的脑海里：我是一个作家。”（LeClair 5）您能说说是什么让您走上创作道路的吗？

德里罗：这是一个很神秘的问题，特别是对于写小说的人来说。我认为小说本身即源自谜，而且事实上我并不打算

解开这个谜。我喜欢让作品构建它们自己的框架，让人物神秘地自由发展。我只记录那些相对来说微不足道的东西，比如只言片语、某条街道的样子、某间屋子的模样，诸如此类。我绝不提前预设人物以及他们的发展。我也不预设一部小说的结构。当然，结构对我来说非常重要，只是我更乐意让作品自己去构建，而不是由作者预设。

陈：您对东方的宗教感兴趣吗？在您的作品中可以发现关于禅宗的描写，尤其是在《美国志》中，《大都会》中也有一些。

德里罗：早些年的时候我是有些感兴趣，当然了解并不深。那是美国当时非常热衷的事物——禅宗，但那只称得上是一种很肤浅的关注，所以我的一些人物也对禅宗热衷起来，同样是以一种相当粗浅的方式。我有一个叫作彼得·马修斯（Peter Matthiessen）的作家朋友，他就是一个禅宗和尚。

陈：您为什么多年来一直选择过一种离群索居的生活呢？为何没有像别人一样教授创意写作课、演讲、参加作品宣传呢？毕竟这些都是作家们经常参加的活动。

德里罗：我天生就不爱在公众面前露脸，也不喜欢拍照或者对我的作品谈论过多。和你的交谈要容易得多，这是因为我所说的将会在千里之外发表，还是用另外一种语言。我偶尔也会代表我的出版商接受访谈，或者参加朗读会，因为我有时尝试着去与我的出版商合作，但是最近这些活动我都很少参加。

陈：评论家和学者们都注意到您长久以来都很关注当代社会中艺术家的角色。我们发现在您作品中反复出现一些艺术家的形象，比如在《大琼斯街》（*Great Jones Street* 1973）、

《遁世作家》(1991)、《人体艺术家》，还有最新出版的《坠落的人》里。在您看来，如今的艺术家们正面临着怎样的困境呢？

德里罗：我不确定我是否能回答这么宏观的一个问题。在我看来，答案取决于个人，而非当今世界有关艺术家角色一个集体性的理论。在艺术博物馆里，你会看到20年前不被认为是艺术的作品。所以，在某种意义上，视觉艺术的范畴已经极度地扩大了。而与此同时，实验性的文学却没有受到以前那样的关注。所以，在一定程度上，年轻的实验派作家们的机会变少了，因为他们没办法找到三四十年前能找到的那么多读者。当然，我特指的是美国作家。

陈：您的主要作品似乎在对当代文化潮流和趋向做出了预测和评论。在《白噪音》(1985)出版后不久，印度博帕尔市发生了可怕的毒气泄漏事故，造成2000多人死亡，以及成千上万的人受伤。您在《玩家》(1977)、《遁世作家》(1991)里关于恐怖分子和恐怖主义文化角色的思考似乎已预测到了"9·11"事件。您认为这些仅仅是巧合吗？还是您比常人更为敏锐，捕捉到了潜伏于当代社会的危险？

德里罗：我们身处一个危险的时代——这是我作品中的一个主题。也确实存在这样的情况——作家能看到正在发生的事情，而其他人却对此并无清晰的认识。但这并不是说小说能给读者提供任何预言价值。诚然，我笔下的恐怖主义的某些方面竟以如此震惊的方式在现实世界上演，这是我始料未及的。不过，我在希腊生活的那三年期间目睹了恐怖无处不在，汽车炸弹随时被引爆。当然不只是希腊，这样的袭击也发生在伊朗、黎巴嫩和北非一些国家。这似乎是生命永恒不变的主题。然后，它进入了我的作品，因为我们生活在它的包围之中。飞机经常被劫持、游客被袭击、雅典的百货商场和其他建筑里被投燃烧弹，所以很自然地我开始看到了一些从更远的距离觉察不到的事情。

陈：因为您的很多作品都再现了美国历史上的关键时刻，所以您被称为后现代美国的编年史家。您怎么看待这个称号？

德里罗：我不会对“后现代”这个名称做出特别的回应，因为我始终认为我是一个现代主义作家，如果非要归类的话，我认为我和与詹姆斯·乔伊斯、威廉·福克纳、约翰·多斯·帕索斯以及其他此类作家一脉相承。我认为后现代主义从很多方面来说是一种带有自我指涉的小说，而那并不是我作品的特质。我写的是我所观察到的世界。当然，其他人眼中会看到不同的世界。在我的一些作品中，会有一些超现实主义的元素，但是大多数时候，我只是在探索我所观察到的一切。

陈：您刚刚提及了詹姆斯·乔伊斯，评论家们指出您与乔伊斯的确存在一些渊源。您早期的短篇小说在叙述口吻和内容上都与乔伊斯的《都柏林人》（*Dubliners*）颇为接近，您的第一部半自传体小说《美国志》与乔伊斯的《一个青年艺术家的肖像》（*A Portrait of the Artist as a Young Man*）类似，《大都会》与《尤利西斯》（*Ulysses*）分别描写了主人公艾瑞克·派克（Eric Packer）和莱奥普德·布鲁姆（Leopold Bloom）的一天。您怎么看待这种将您与乔伊斯所做的比较？

德里罗：我人生中最美妙的阅读体验之一便是阅读《尤利西斯》，我第二次读的时候大概 24 岁。特别是小说的前几章，里面语言的魅力一直刻在我的脑海里。乔伊斯的语言看起来充满了阳光，这比任何别的东西都更吸引我，即语言的美。我不认为《美国志》带有半自传的性质，里面个人经历的元素并不多，而且我不觉得《美国志》里的主人公是位艺术家。他只是一个寻找自我身份的年轻人，无论他寻找到的身份是什么。

陈：您刚刚提到了语言，您在不同的场合中曾做出下面这样的评论："正是在《球门区》中我开始怀疑，在我的作品中语言既是主题又是工具"（LeClair 5），"但是在一切之前，便是语言。在历史和政治之前，也是语言"（Begley 107），"对我来说，整个问题的关键是语言"（Remnick 47）。您能再具体阐述一下作为一个小说家，您对语言的理解吗？

德里罗：我是从字面意义来看待语言的，即每当我把单词写在纸上的时候，我不仅仅是理解它的意思或者了解它的含义，或者只是尝试传递它的意义，而是看到了在字母和单词中蕴含的东西，它在视觉上很有趣。这就是为什么我使用一台过时的带有大号键盘的手动打字机，这样我在输入一个句子的时候能观察到纸上呈现出来的效果。某些字母与另一些字母合拍，而某些单词与另一些单词相称，不只是意义上，也包括声音上。所以，语言具有一种多重效果：可眼观，可耳闻，当然也是意有所指。当我称自己为作家时——这是我自我认同的身份——我便是词句的创造者。这永远是第一位的，是最关键的，也是驱使我一页又一页写下去的动力。语言就是这样鞭策着我。

陈：您怎么看待恐怖主义的文化角色的？您认为恐怖是一种叙事或反叙事吗？

德里罗：在其纯粹的表现中，恐怖可以被看作一种反叙事，用以改变历史的进程。一旦它以一种反对敌对或者反对压迫的方式变为恐怖时，它也就变成了一种变质了的抗议——人们被不加区分地杀害。同时，因为恐怖分子不仅是个体，也是群体中的一员，那么我们不得不试图想象——这正是小说家所能做而其他人不能做的——在作为个体的恐怖分子身上发生了什么，就他将要实施的暴行来讲。他仅仅是为了杀戮而杀戮，为了自己的嗜血之欲而杀？他加入恐怖组织是因为他受到结拜兄弟情谊纽带的感召，比政治和历史或其他任何一种特殊集会中产生的感情更为强烈？这就是我在《坠落的人》中试图探讨的问题，即考察恐怖组织中的个体。

陈：我曾读到，在出版商反对之前，您一直想用“松下”来命名后来定名为《白噪音》的小说，以强调电视机口头攻击那包罗万象的特性。

德里罗：是的，没错，但不只是电视机的噪音，还有各种不同来源的噪音。

陈：在我看来，媒介文化似乎是您作品主要探讨的焦点。比起现代主义的高雅文化，您对大众媒介文化是什么态度呢？

德里罗：我并不是一个媒介批评家。我只是写到它，因为它普遍存在，它无时无刻地充斥在我们的生活当中，但我并非为了批评或者嘲笑它才去写它。它已是我们时刻使用的语言的一部分。小说家们确实会习惯性地忽视一些东西，但我试着去聆听它们、观察它们，然后它们顺其自然地被吸收进了我的小说中，因为它们就在这里，它们无处不在。当然，大众媒介正是这些东西中的一个，尽管我觉得我的作品中有关媒介的东西并不多。我认为媒体确实存在于这部小说（《白噪音》）当中，但对于其他小说我不太确定。《人体艺术家》里绝不可能有，《坠落的人》也仅有一点，《遁世作家》里可能有一个试图逃避媒介的男人，但是在其他作品中，我不认为媒介有多大的影响。

陈：《白噪音》的创作灵感来自何处？显然，您并不是一位讲授希特勒研究的教授。

德里罗： 离开美国三年之后，我开始以一种全新的视角看待美国环境。再平常不过的东西对于我而言也有了新鲜感。我只是开始写下一个个句子，描写一条街，描述超市的内部构造。海明威曾说："从白纸起步。"（Get black on white.）这就是我那部小说开篇的方式，我脑海中没有什么特殊的叙述。我开始注意到超市里强烈反光的明亮和新闻里毒物泄露的报道。几乎每日都有人从美国某处离家出走——这就是我选择的方向。接着一组人物开始成型，一种松散的叙述框架开始建构起来。

陈： 小说的标题《白噪音》您是怎么想出来的？

德里罗： 白噪音——这是一种出自特定频率的噪音。当时，人们购买白噪音机器去阻挡其他噪音。你若是住在大都市里，那么街上总是有噪音，尤其在晚上，你或许可以在床边放一台白噪音的机器，它产生一种嗡嗡声能削弱你周围的一切其他噪音，为你创造一个相对安宁的环境，更有利于睡眠。白噪音在技术上的意义我无法透彻地阐述清楚，但是工程师之类的人对它已经很熟悉了。换言之，它是一种单调的噪音。它是白色的。

陈：《大都会》（2003）写的是一个房产经纪人于"9·11"事件前在纽约一天的经历。您为什么选择了聚焦于个体而非描写纽约市的全貌呢？

德里罗： 很难说清这种想法源自何处。我先是想写一本在纽约跨城旅行的小说，从东到西横贯47街，从东河到哈德逊河，然后故事中的人物开始渐渐清晰起来，我开始明白这故事得发生在一天内，但是从某种意义上说，它又叙述了人物的整个一生。换句话说，大量的事件被浓缩在这一天，像是在24小时内上演了人物的一生。这便是这小说背后的想法。我想到了一个拥有惊人财产的富人住在这样的一个城市，而且那些总是现身在大街上的加长豪华轿车也让我印象深刻。它们现在不那么常见了，数量非常少，但是那些白色抑或黑色的加长豪华轿车曾经常常现身街头，相比曼哈顿或者其他地方拥挤的街道，这些轿车总是显得非常滑稽。我开始思考这是否能成为小说作品的一部分。那是我当时所看到的一切，别的人也看到了，只是我尽力看得更深刻一些，深刻得让我能从中写出一部小说。

陈：小说的主人公埃里克·派克是个在物质上非常富有的人，但是根据我的理解，他也是个非常注重精神世界的人。

德里罗：他热爱读诗，而且他的确注重精神方面的追求——或许他不知道如何与他的其他方面的习惯和平共处，比如对权力、财富和女人的渴求等等。埃里克是那种注定在年轻时就弄清他想要什么的人。而这似乎为我们当代史中的一个主题提供了例证——在完成巨额财富的积累之后，个人完全消失在了他的财富之中。

陈：这部小说让我想起了威廉·迪恩·豪威尔斯的《赛拉斯·拉帕姆的发迹》(*The Rise of Silas Lapham*)和辛克莱·刘易斯（Sinclair Lewis）的《巴比特》(*Babbitt*)。

德里罗：是的。我年轻时读过刘易斯的那部小说，也许这本书和刘易斯有一些相通之处。在这本书中发生的金融崩溃同样也发生在当下。在这本书的结尾处发生了一场突如其来的金融危机。正如你前面所指出的，我专注于将现代社会的许多趋势聚焦在一个个体身上，但是我认为在过去十年中，我们认识到一个人或者两三个人确实可以造成像这本书中那样的全球性灾难。

陈：作为一个一生基本生活在纽约的人，“9·11”事件怎样影响了您的生活呢？在《坠落的人》中，您又为何选择用一个家庭来表现恐怖袭击之后的创伤呢？

德里罗：这只是一个偶然产生的想法。我当时想到的画面是在恐怖袭击之后，刚刚发生的时候，一个男人走在大街上，他穿着西服，系着领带。我很清楚地看到他拎着一个公文包。不久之后，我突然想到，这只公文包并不是他的。这正是这部小说得以成型的整个触发点：一个有关发现的主题，和读者一起探寻公文包的主人是谁以及背后的故事。至于这部小说主要描写一个家庭，小说当时在我的大脑里形成的框架就是如此。我并非刻意决定让小说具有某种广度，或者不具备某种广度，我只是发现我在朝着那个方向走。

陈：您是如何发现《坠落的人》中主人公基思的声音的？

德里罗：有趣的是，从某种程度上来讲，基思几乎没有声音。他不太清楚他是谁，他对自己也不满意，所以在他试图探寻自己身份的过程中，他的所说和所想当中势必存在某种被修饰过的语气。我认为，直到本书的最后一部分——他在拉斯维加斯玩纸牌时，他才真正弄清自己的身份。他试着在纸牌中——一种基于运气的游戏里——寻找自己的身份。所以，那些纸牌游戏对于他想变成的样子来说非常重要。

陈：您在小说里多次提到过《伊斯兰的反叛》（*The Revolt*

of Islam)。这与您对恐怖袭击的看法有何联系？

德里罗：在小说中我写到了明信片，那张明信片提及了雪莱的那首诗——《伊斯兰的反叛》。我写到明信片是因为有人寄了这么一张给我，我认为那就是它的归属。写进小说里的事情并不总是具有哲学上的考量，有时它们仅仅就是一些偶然事件。

陈：您在题为《在未来的废墟上：九月阴影中恐怖和悲痛的反思》的长文里这样写道："当我们称呼我们自己是地球上的超级力量时，我们指的是我们在技术上具有无与伦比的优势。"（DeLillo ""In the Ruins of the Future" 30）。您对备受崇拜的、侵略性的科技怎么看？我知道您既不用电子邮件，也不用移动电话。

德里罗：在某些方面，我对科技心怀敬意。对于了解世界、学习现代制度等来说，科技的力量无疑是非常惊人的，而发明这些技术设备的人毫无疑问是天才。在我看来，在个体层面，科技的一个问题在于人们开始对它产生巨大的依赖，以至于他们的性格都受到影响了。而当这些设备——无论是录音机、手机还是电脑——遇到故障时，它们就会让使用者陷入偶然的深度焦虑。一旦人们对科技形成了依赖，我认为它就变成了危险，尤其是你可以想象得到，很多恐怖活动是要摧毁一座城市或一个国家的计算机系统，其结果必是一片混乱。无论科技能够做什么，它最终都会变成我们的渴望之事。好比三天前你不需要手机，在此之前你从未听说过这个东西，然后你发现了手机，开始使用它，那么瞬间一切都发生了变化。你对它依赖到你无法想象没有手机该怎样生活，但是你曾经（德里罗强调）是能够不需要手机生活的。由此可见，科技对人们的大脑产生了巨大的影响，往最好的方面说它会使人焦虑，往最坏的方面说它是个危险。

陈：《遁世作家》的主人公是个小说家。我发现在您别的作品中艺术家通常是来自其他领域，是什么让您决定在作品里描写一个小说家呢？

德里罗： 对此我依然记忆犹新：首先，我不知道该给这个人物起个什么名字，接着我决定暂且叫他比尔·格雷（Bill Gray），之后我再也没有改过，我一直保留着当初那个暂定的名字。尽管比尔·格雷跟我一样是个小说家，但他给我造成的困扰要比其他故事里的人多得多。对于我而言，他是个很难理解的人物，进入他的大脑绝非易事，相比之下理解那个年轻的女性人物卡伦（Karen）倒是容易得多，她似乎就那么流经我的大脑而跃然纸上。为什么我选择写一个小说家？我也不知道。他就在那里，他一直都是个小说家，一直住在偏远的地方，而且他也一直是个从社会中抽身而出的遁世者。

陈： 为什么死亡，抑或是对死亡宿命的意识，成为您大多数作品的主题呢？

德里罗： 我说不上来。在我看来，似乎一个艺术家的终极探寻就是弄清死亡意味着什么，并试图去理解它，其他人恐怕永远不会这么做，但这是一个作家，或者一些作家——那些想这么做的作家——作品中对意义的终极性追寻。死亡是我们生命中唯一确定的东西。

陈： 您又为何总是描写危险、死亡与灾难呢？

德里罗： 这可能是我童年接受天主教教育的结果：对死亡宿命、永恒的平静或永久诅咒的意识。这并不是说我相信这是真的，但我还是个孩子的时候，的确被教育去相信这一切。对死亡的意识伴随着我的许多行动或仪式。

陈： 所以您个人的成长经历对此颇有影响？

德里罗： 我想是的。

陈： 1989年您入选美国艺术与文学学院，1999年您获得了耶路撒冷文学奖，2008年《剑桥文学指南：唐·德里罗》出版，所有这些都表明了您的作品已进入美国文学史上经典的行列。您怎么看待对作家的作品的经典化呢？

德里罗： 我认为对于作家的生活来说，这是次要的，或者说应该是无关紧要的，在我的生活中当然也是次要的。每个人都想获个什么奖。等那天真的来了，你却得独自一人坐在书桌前去重新开始。这才是重要的事情，也是我正在做的事情。我坐下来写作。“经典化”这个词不应该用来形容一个艺术家。我知道有人用这个词，但事情并非完全如此。当一个艺术家得到认可时，我不认为他该花上几天甚至几周去庆祝。它对于我们该做的事情来说完全是无关紧要的。

陈： 您曾读到过，您认为艺术家应该身处边缘的地方，而不是处于社会主流结构之中。您也并不想让您的作品成为畅销商品被市场消费。市场似乎是您批评的目标。这是真的吗？

德里罗： 市场不是我批评的目标。不是的。我毫不关心市场在做什么，它只是围绕着我，它是无关紧要的。

3. 关于《天秤星座》的解读

陈：《天秤星座》是您在评论界和市场上都表现出色的第一部作品，其他作品似乎包含了更多的哲学意味，导致一般读者读起来感觉颇具挑战。您是怎样看待《天秤星座》和其他更具哲学意味的作品的呢？

德里罗： 我认为那些作品和《天秤星座》之间存在一个过渡，因为我打算让后者具有某种纪录片的特质。我想要展示《沃伦报告》那样浩繁的文件编录，与肯尼迪总统被刺事件有关的文件多达26卷，所以我有意采用了一种平实的文风：更自然主义一点，尽可能更真实一点，因为整个案件早被各种各样的事实淹没了。阅读《沃伦报告》也对我产生了巨大的影响，看到如此详细的事实聚集在那些书本里，尽管大多数是不相关的内容，但是信息汇聚于卷帙浩繁的档案之中，我想让我的小说也具有这种特质。这也许就是为什么在一些人眼中《天秤星座》和我的早期作品迥然不同。

陈： 肯尼迪总统遇刺发生在 1963 年 11 月 22 日下午 12 点 30 分，我相信您一定记得当时您正在做什么。当杰克・鲁比开枪打死李・哈维・奥斯瓦尔德时您正在看电视吗？

德里罗： 刺杀发生时我正在和一两个朋友见面，奇怪的巧合是我们在一家名叫戴维・琼斯（Davy Jones）的餐馆里吃饭。而在航海俚语里，"戴维・琼斯"意为水手的坟墓。意思是，当一艘船沉没了，水手们都会被戴维・琼斯锁进柜子里。我称这为巧合，不仅是因为总统被杀了，还因为他是个退役海军军官，所以这就像是一个奇怪的巧合。事件发生之后，整个城市几乎人去楼空，所有人都回家了，大多数是去看电视了。当时我家里没有电视，但是我听了两天之后奥斯瓦尔德被杰克・鲁比开枪打死了的报道。那个报道的声音我感觉非常耳熟，后来才知道主持人是我的大学同学。但我甚至不知道他进入新闻这一行当，所以到处充满了各种各样的巧合。就在那周的星期一，我要坐飞机去底特律，但是飞机的引擎熄火了，我们不得不返回机场进行迫降。总之，那真是黑色

美国作家应该生活在社会的边缘，变得更危险才是。”（Arensberg 46）这是您多年前发表的评论。很多评论家把这当成您的艺术信条。您现在还相信是这样吗？

德里罗：我仍然相信。是的，毫无疑问。但我不知道我会不会用“艺术信条”这样的词，因为我不知道自己是否有艺术上的信条。但是，没错，我仍然完全相信，并且我认为生活在边缘是作家的特权。如果小说开始变得不重要，那么这样存在于文化边缘的作品就变得更重要，对于文化自身的健康来讲也更为关键。小说将继续由作者和读者共同塑造，彼此都独自待在自己的房间里，由小说提供的叙述脉络关联起来。作家越处在边缘，他的作品将变得越重要，这样做的目的是让小说永葆生命力。

陈：您手头有什么作品在写吗？

德里罗：我只能告诉你一件事。我能告诉你的就是，这本书的开头和结尾就发生在我们现在坐着的地方——现代艺术博物馆。它的开头和结尾发生在现代艺术博物馆六楼的画廊里。这是我能告诉你的一切了。

陈：非常感谢您，德里罗先生。感谢您抽空接受我的采访。

德里罗：很高兴跟你交谈。

注　解

①《白噪音》，朱叶译，南京：译林出版社，2002年；《天秤星座》，韩忠华译，南京：译林出版社，1996年；《名字》，李公昭译，南京：译林出版社，2002年。

②朱叶：《美国后现代社会的‘死亡之书’—— 评唐·德

里罗的小说〈白噪音〉》,《当代外国文学》2002年第4期：第159-163页；范小玫:《德里罗："复印"美国当代生活的后现代派作家》,《外国文学》2003年第4期：第3-7页；朱新福:《〈白噪音〉中的生态意识》,《外国文学研究》2005年第5期：第109-114页；张杰、孔燕:《后现代社会的诗性特征：生活的符号化——〈白噪音〉文本的对话式解读》,《外国文学研究》2006年第5期：第40-44页；方成:《后现代小说中自然主义的传承与塑型：唐·德里罗的〈白色噪音〉》,《当代外国文学》2001年第4期：第93-99页；王予霞:《恐怖主义诗学的文化内涵——从德里罗等人的小说谈起》,《译林》2007年第2期：第184-188页；王予霞:《美国当代文学中的政治情愫——从德里罗等人的小说谈起》,《文艺理论与批评》2006年第3期：第79-84页；罗一轻:《德里罗〈白色噪音〉的集体无意识解读》,《湖北经济学院学报(人文社会科学版)》2008年第8期：第128-129页。

③Duvall, John N., ed. *The Cambridge Companion to Don DeLillo*. Cambridge: Cambridge University Press, 2008.

引用作品

Arensberg, Ann. "Seven Seconds." DePietro: 40-46.

Begley, Adam. "The Art of Fiction CXXXV: Don DeLillo." DePietro: 86-108.

DeCurtis, Anthony. "An Outsider in This Society: An Interview with Don DeLillo." DePietro: 52-74.

DeLillo, Don. *Libra*. New York: Viking, 1988.

---. "In the Ruins of the Future: Reflections on Terror and Loss in the Shadow of September." *Harper's* (December 2001): 33-40.

DePietro, Thomas, ed. *Conversations with Don DeLillo*. Jackson: University Press of Mississippi, 2005.

Hutcheon, Linda. *A Poetics of Postmodernism: History, Theory, Fiction*. New York: Routledge, 1988.

LeClair, Thomas. "An Interview with Don DeLillo." DePietro: 3-15.

Remnick, David. "Exile on Main Street: Don DeLillo's Undisclosed Underworld." *New Yorker* (15 September, 1997): 42-48.

附录 2：德里罗主要作品一览

小说

Americana. Boston: Houghton Mifflin, 1971.

End Zone. Boston: Houghton Mifflin, 1972.

Great Jones Street. Boston: Houghton Mifflin, 1973.

Ratner's Star. New York: Knopf, 1976.

Players. New York: Knopf, 1977.

Running Dog. New York: Knopf, 1978.

The Names. New York: Knopf, 1982.

White Noise. New York: Viking, 1985.

Libra. New York: Viking, 1988.

Mao Ⅱ. New York: Viking, 1991.

Underworld. New York: Scribner, 1997.

The Body Artist. New York: Scribner, 2001.

Cosmopolis. New York: Scribner, 2003.

Falling Man. New York: Scribner, 2007.

Point Omega. New York: Scribner, 2010.

Zero K. New York: Scribner, 2016.

The Silence. New York: Scribner, 2020.

剧本

The Day Room. New York: Knopf, 1987.

Valparaiso. New York: Scribner, 1999.

Love-Lies-Bleeding. New York: Scribner, 2006.

短篇小说集

The Angel Esmerelda: Nine Stories. New York: Scribner, 2011.

文章

"American Blood: A Journey Through the Labyrinth of Dallas and JFK." *Rolling Stone* 8 Dec. 1983: 21-22, 24, 27-28, 74.

"The Artist Naked in a Cage." *The New Yorker* 26 May 1997: 6-7.

"The Power of History." *New York Times Magazine* 7 Sept. 1997: 60-63.

"The Fictional Man." *Novel History: Historians and Novelists Confront America's Past (and Each Other)*. Ed. Mark C. Carnes. New York: Simon & Schuster, 2001: 91-92.

"In the Ruins of the Future: Reflections on Terror and Loss in the Shadow of September." *Harper's* Dec. 2001: 33-40.

"That Day in Rome: Movies and Memory." *The New Yorker* 20 Oct. 2003: 76-78.

"Female Nude by Louise Nevelson, 1932." *The Paris Review* 167(Fall 2003): 108-109.

后　记

十多年前，在攻读博士学位期间，我获得了国家留学基金委资助，赴美访学一年。2009 年 3 月，我在友人的帮助下采访了我的博士论文所研究的三位当代美国著名作家，其中一位就是当代美国著名作家唐·德里罗先生。

2009 年 3 月 13 日，我和德里罗先生如约在纽约曼哈顿的现代艺术博物馆相见，随后我对他进行了采访。围绕他小说作品里的主题思想、人物刻画、写作技巧等话题，我们畅谈了两个多小时。我至今仍清晰地记得，那次见面中，德里罗先生穿着朴素、不苟言笑、目光炯炯有神。他说话语速较慢，对语言表达非常讲究，待人接物的态度亲切和蔼。访谈结束后，我将从录音转录好的文字稿邮寄给德里罗，请他审核和定稿。这篇访谈录后来发表在国内外国文学类权威期刊《外国文学研究》2010 年第 1 期上，是德里罗首次接受中国学者采访的成果。2011 年，德里罗的首部短篇小说集《天使埃斯梅拉达：九个故事》出版，译林出版社的一位编辑邀请我承担此书的中文翻译任务。在这期间，我将发表后的访谈录邮寄给德里罗，他收到后表示很高兴看到访谈内容在中国严肃的学术期刊上发表，并将告知他的文学代理人我完全能胜任他的短篇小说集的翻译工作。多年来，德里罗拒绝使用手机和电子邮件，素来回避媒体采访和签售活动，在纽约市郊过着不被打扰的隐居生活。他愿意接受我的采访并两次给我回信，让我备受鼓舞，更加坚定了今后从事学术研究的信念。

我的博士论文是围绕美国后现代小说是脱离现实政治还是介入政治生活这一争论展开的，涉及多个作家，不是对单个作家进行的专门研究。毕业之后，我又产生了一个新的念头：用几年时间集中精力继续深化我对德里罗小说作品的理解和研究。我理想的状态是翻译和研究齐头并进，二者相互促进。经过两年多的翻译和反复修改，《天使埃斯梅拉达：九个故事》的中译本于 2015 年由译林出版社出版。而这部研究专著如今也即将完成了，聊以欣慰的是，我没有辜负德里罗先生对我的帮助和鼓励。

回过头来看，我过去十年的研究一直关注的是当代美国文学，而德里罗正是其中的中心。真正全身心投入德里罗研究中后，我才发现本书的写作比预料的要困难得多。一方面，我要花很长时间研读德里罗的主要小说文本，而他的小说并不容易读，尤其那部长达 827 页的大部头——《地下世界》；另一方面，要建立起一个具有一定新意、洞见和理据的阐释框架也绝非易事。经过几番调整后，我最后决定从文化记忆研究中选取有关理论来阐述德里罗的小说如何参与了战后美国历史的文化记忆的建构。

近几年来，国内的德里罗研究越来越活跃，以德里罗为研究对象的博士论文、专著等不断涌现。我为国内学界对德里罗的广泛关注感到欣喜，同时也看到其中不少成果存在研究视野比较狭窄、理论视角缺乏创新、文本研读不够细致等问题。我希望以本书的写作为契机，让自己能够静下心来，细致地阅读德里罗的主要作品，全面梳理国内外学界的相关研究成果，整合自己过去一段时期里对德里罗研究方面所做的一些工作，并在此基础上争取在研究广度和深度上往前推进一步。

作为一位严肃的作家和社会批评家，德里罗虽然年事已高，但仍然笔耕不辍，持续不断地推出质量上乘的新作。由于本书的研究对象是德里罗有关战后美国历史方面的代表性小说作品，他的一些最新作品（如《欧米茄点》《绝对零度》《寂静》等）没有被纳入专门讨论的范围，将有待在以后的研究中予以补充和完善。

本书当中有部分章节已经发表在《外国文学研究》《外国文学》《国外文学》《当代外国文学》《文学跨学科研究》等学术期刊上，在此我要向这几家重要的学术期刊表示由衷的感谢。在收录进本书时，为保证整体结构上的统一和连贯，我对文章的部分内容做了必要的调整。

虽然本书可能带有匆忙的痕迹，甚至在具体的论述当中可能包含欠妥之处，但它也是我在众多前辈师长的帮助下完成的一个阶段性成果。首先，我要对上海市“浦江人才”计划的资助和华东师范大学外语学院对本人学术著作出版的支持表示衷心的感谢。其次，我想借此机会感谢在本书撰写过程中给予我关心和鼓励的虞建华教授、张冲教授、金衡山教授等诸位师长。此外，我还要感谢我在美国的朋友——William C. Carter 教授在过去十多年里不时给我寄来德里罗发表的新作和《纽约时报书评》等报刊上对他作品的评论。他用这种方式让我得以对美国评论界一直保持着比较及时的了解。当然，我也要感谢德里罗先生接受我的采访，授权我翻译他的首部短篇小说集，以及赠送我书本和资料，使我的研究工作不是“无用的苦役”，而是一段温暖的旅程。

最后，我要向本书的责任编辑杨英女士表示由衷的感谢。她对我延期交稿的宽容和对书稿严谨细致的修改令我心生敬意。本书的出版离不开她一直以来的鼓励和帮助。

陈俊松

于樱桃河畔

2021年1月30日